ヤメ検
丹前健の事件録
―語られなかった「真相」の行方―

徳久正
TOKUHISA TADASHI

幻冬舎MC

ヤメ検・丹前健の事件録

――語られなかった「真相」の行方――

目次

この作品はフィクションであり、実在の
個人、団体、事件等とは関係ありません。

真相
―ヤメ検が暴く

あの電話は、いったい何だったんだろうか？

丹前健《たけし》は、今朝も、自宅の明石からＪＲ神戸線を使って神戸三宮の事務所に向かいながら、三日前に一人の男からかかってきた電話のことを考えていた。

朝といっても、ＪＲ三ノ宮駅から事務所に向かう道々の飲食店の前は、そろそろランチメニューを掲げた看板も並びだしている時間帯だ。とっくに一〇時を回っている。自ずと急ぎ足になっていることに気付く。何も急ぐ用はないのにと、皮肉の言葉が頭をよぎる。

道々の街路樹もすっかり葉を落としている。路上の落ち葉がカサカサと冷たい風に飛ばされて足元を転がる。もう一二月、初冬に差し掛かっていた。ビルの谷間を吹き抜ける冷たい風に、丹前は、思わずコートの襟を立てて首をすぼめた。

丹前は、平成二七年七月、二九年余りにわたって務めた検事を退官した。

定年まであと一年半ほど残っていたが、体力と気力があるうちに、元々の志望だった弁護士をしようと思ってのことだった。

東京霞が関の法務省中央合同庁舎一九階の最高検察庁ナンバー2の次長室。退職の意向を告げたとき、次長が神妙な顔つきで念押しした。

「後悔はしませんか？」

即座に答える。

「はい、後悔することはありません」

次長の顔を見据えながらきっぱりと答えた。

丹前が検事時代、何度も経験してきた場面。被疑者が取調べで検事から「事実に間違いありませんか？」と問われて、「はい、間違いありません」と答える心境と重ね合わせる。潔いものだった。というより、そう気張って見せたというのが本音だろうか。


丹前は、日本弁護士連合会に弁護士登録された平成二七年九月一日から、神戸のJR三ノ宮駅から徒歩五、六分ほどのビルに小さな一室を借りて弁護士事務所を開いた。

華々しくスタートを切った。事務所開設を祝う豪華なお花などが次々と届けられた。八坪ほどの小さな事務所を埋め尽くした。心もうきうきとした。これからは自由業だ。念願の法律事務所を持ったのだ。

事件などの依頼がどの程度、入ってくるものなのか、まったく見当がつかなかった。しかし、そこそこは入ってくるだろう。なるだけ経費を抑えるようにし、余裕が出てくれば事務員を雇うことにしようと、事務員なしの一人事務所で出発した。

しかし、現実は厳しい。事件の依頼もいっこうになく、相談すらなく、暇続きだった。

最初のころこそ、弁護士会から送られてきた当番弁護士、被疑者国選弁護人に関する手引きや弁護士職務基本規程の解説、弁護士業務ハンドブックなどに目を通すことで忙しく時間は過ぎた。

弁護士も営業努力が必要と、いろんな集まりにもできるだけ顔を出して名刺も配り歩いた。

当番弁護士の割り当ては、来年度からということで、入会が年度の途中からだったため、登録できなかったが、国選弁護人の登録だけでもと思って登録をした。

しかし、事務所を開いて三か月以上になるのに、手持ちの事件が一件もない。

部屋のコチョウランも上から一つ花を落とし、二つ花を落としと、寂しげな姿になっていく。自ずとその姿に自分の姿が重なる。

弁護士バッヂは、机上の片隅の小物入れの上に転がっている。

バッヂは登録の通知をもらった当日、弁護士会から郵送で届けられた。「秋霜烈日」の検事バッヂとは違う、柔和なひまわりの形の金色バッヂだ。

検事には検事バッヂ以外に身分証明書が必ず交付される。弁護士の場合はこの弁護士バッヂだけだ。弁護士バッヂが身分証明書にもなるのだ。弁護士としての身分は弁護士会名簿に登録されることによって発生するが、登録すると記章が交付されることから、記章が身分を証明するものということらしい。ただし、弁護士も希望して交付手続きをすれば、身分証明書を交付してくれるということには一応なっている。

このようなこともあり、当初のころ、いつ何時、弁護士として事件などに関わるかも知れないと、出かける時には背広上着に必ず記章を付けるよう心がけていたものだ。

しかし、こうも事件などに縁がない状態が続くと、その記章も用なしになる。机上の小物入れの上に置かれて久しい。

もちろん、事務所を開設するのにもそれなりに資金が要った。

妻は、出し惜しみしなかった。事務所を借りる費用、弁護士登録料、弁護士会への入会金等で一〇〇万円以上かかった。それ以外に当面の事務所の運営資金として更に二〇〇万円の拠出を願い出て、受け取った。

それもいずれ弁護士の仕事による稼ぎがあるとの期待から、大して気にもかけなかった。

ところが、こうも事件等の依頼がない状態が続くと、お金は出ていくばかりだ。

事務所の家賃、事務機器と家具のリース代、弁護士会の会費、その他通信費、光熱費等で毎月二〇万円以上の支払いだ。それ以外に事務所をオープンして法律実務の書籍類を揃えるのに三〇万円以上出費した。

あれよあれよという間に、運転資金の二〇〇万円も残りが心細くなる。

ある日、妻がこぼした。

「今日、郵便局に行って通帳の記帳をしたらびっくりやわ。マイナスになっているじゃない。郵便局の人に聞いたら、貯金の残高がなくなっているというのよ。初めてのことや。ほんで、急いで銀行でお金を下ろして郵便局の口座に入れたわ。月々の給料が入ってこないというのはこういうことなんやね」

我が家では、郵貯の口座が長い間、生活口座となっていた。検事をしていた当時は、この口座に月々の給与が振り込まれていた。最高検察庁に勤務していた東京での単身赴任中もよくその口座から生活費を引き出していた。その度に残高を見ても常に数百万はあったものだった。

この先、本当に仕事が入ってくるのだろうかと不安になる。

これまで検察組織の中にいて、検事をしていた当時にはまったく考えたこともないことだった。自分で事業主として仕事をするというのはこういうことなのだと改めて思い知る。

外からかかってくる電話には自ずと敏感になる。事件の相談、依頼ではないかと。

しかし、かかってくる電話は、弁護士会からのもの以外は、やたらとホームページ、ポータルサイトの利用といった宣伝広告の勧誘、事務用品のセールスといったものばかりだった。

事務所を開設してしばらくしたころ、インターネットで「無料でホームページ作成」の手引きに従って四苦八苦しながら「丹前法律事務所」のホームページを作成し、公開した。

また、営業で訪ねてきた営業マンに乗せられて、NTTのタウンページに事務所名、電話番号を掲載した。その掲載料もばかにならなかったが、営業マンからは、「先生、この広告で事件依頼を二、三件受ければ、すぐに元手を取れますよ」と勧められ、その気になった。

こういう業者は、新規に事務所を開いたところを実に目ざとく見つけ出して営業をかけてくるものだと感心する。

弁護士会以外のセールスものは、ほとんどが市外局番だった。


そんな中、丹前は妙な電話を受けた。

相変わらず、一〇時過ぎの出勤で、デスクに座って、通勤途中で読み残した新聞記事に目を通していた。

卓上電話が鳴る。

事件相談かとときめく。しかし、それも一瞬だった。

電話のディスプレイに市外局番が表示された。

あーあー、またセールスものか、と思って受話器をとった。

「はい、丹前法律事務所です」

電話の相手の反応がない。

少々イラッとしながら、「もし、もし」と呼びかけた。

ようやく応答があった。聞き取りにくい低い男の声。

「丹前先生ですよね。検事をしていた」

一瞬、どういうつながりの人だろうかと怪しむ。

少しの間があってから返事して聞き返した。

「はい、そうですが、お宅は？」

しばらくの間。

そして、その不気味な間を破るように相手の口が開いた。

「今日のところは、奈良でお世話になったとだけ話しておきましょう」

そう言って男は黙った。電話は繋がったままだ。

無言の交信状態の中、頭の中はタイムマシーン状態で過去を遡る。

奈良と言えば、一〇年以上前に検事時代、勤務していた所だ。わざわざ電話してきたというのはどういうことか？　いったい何者なんだ、こいつは。受話器を持つ手に汗がにじんだ。

相手の話しぶりからして奈良地検時代に処理した事件の関係者と思われた。

瞬時に、頭の中で、記憶のかけらの山からズームレンズを使って一つ一つ拡大させるようにして当時の記憶をたどる。何か人に恨まれるような問題を残した事件はなかったかと。

何も思い当たらない。

少しの間があってから、こちらから問い返した。

「奈良のどういった件でしたか？」

無言。

プー。受話器に電話が切れる音が虚しく残った。


丹前は、平成一五年四月から二年間、奈良地検に勤務した。一年目は、比較的平穏だった。だが二年目は次から次へと大きな事件が起きた。県警本部が入る、いわゆる二課事件の贈収賄事件などから一課事件の殺人、強盗殺人など。

自宅は、兵庫県の明石市。奈良市内に官舎を借りて、週末には家族のもとに帰るという、半分単身赴任の生活をしていた。しかし、二年目はこの週末もつぶれてしまうような忙しい日々だった。

この二年間を通して自分なりに納得できる事件処理ができたと思っていた。

検事は、警察にハッパをかけるようにして事件を拡げることもある。しかし、それで検事が事件関係者から逆恨みされることはないはずだ。

しばらく、その奇妙な電話のことが気になっていた。

相手の男が開所して間もない丹前の法律事務所の電話番号を知ったのは、タウンページかホームページを見てのことと思われた。

とすれば、奇妙な電話の主はこちらの事務所の所在地も当然、把握しているはず。男が事務所の場所を探して直接やってくる可能性だってあるのではないか。

奈良時代に処理した事件で、自分では人から恨まれるようなものはないと思っていても、こちらが見当もつかないような形で逆恨みされることだってある。

用心することに越したことはない。

そう思うと、人はいろいろと考えるものだ。

事務所が入っているビルは十五階。丹前はその八階の一室を借りていた。エレベーターは入居者専用の出入口と五階の共有フロアにつながる一般用の出入口にそれぞれあった。

専用の出入口から入るには、入居者が携帯するキーでロック解除しなければならない。一般用は、外部者も共有フロアまでは自由に行けるが、そこから当事務所に行くには、専用エレベータに乗り換える必要がある。その専用エレベータを利用するには、途中にロックがかかったドアがあり、それを解除しないと出入りできない仕組みになっていた。

セキュリティーはしっかりしているのだ。外部の不審者がそう簡単にはビル内には入って来られないはずだ。丹前は、事務所にする物件探しをしていたとき、この点も決め手の一つにしたのであった。

しかし、これとて決して万全ではないことは丹前がよく知っていた。

名古屋地検時代に経験した事件のことを思い出す。

鹿島銀行名古屋支店長殺し事件だ。

当時、鹿島銀行名古屋支店長だった小俣耕一郎が支店長社宅として使用していたマンションの最上階一室で、朝方、けん銃で射殺された。支店長は頭部の眉間辺りに銃弾一発を受けて即死。プロの仕業によるものと思われる見事なものだった。

この時に使用されたけん銃は、三八口径の米国製スミス&ウェッソン、回転式けん銃だった。

当時、鹿島銀行はいわゆる貸し剥がしと称する不良債権の強引な取り立てでトラブルが目立っていた。その逆恨みの犯行ではないかということで、その方面から重点的に捜査がされた。

しかし、事件解明の手がかりも得られないまま、事件発生から数か月が経過した。

そのような中で、事件が急展開した。

一人の老齢の男がその犯行に使われたけん銃を持って、大阪市中央区の鹿島銀行本店に押しかけ、行員から現金を脅し取ろうとして恐喝未遂で逮捕されたのだ。

この男は、所持していたけん銃について、「これが名古屋の事件で使われたけん銃だ。俺が小俣支店長を射殺した」と自供した。

名古屋支店長殺しに使用されたけん銃かどうかは、現場から発見された弾丸と、このけん銃を試し打ちした弾丸を、それぞれの線状痕で照合する鑑定結果で分かる。

これでこの事件も一挙に解決かと思われた。

しかし、この男が供述した犯行の状況は明らかに現場の状況とは違っていた。その生活ぶりも調べると、多額の借金をかかえて借金取りに追われる生活をしていたのに、殺害事件後、しばらく滞納していた何か月分かの家賃をまとめて払っていた。しかも事件当夜、男が名古屋市内の知人宅を訪ねた際、ちょうどテレビで射殺事件のニュースを見ながら「あの連中ら、そこまでやるとは」とこぼすのを知人が聞いていた。

この男は、何者かに報酬をもらって出頭役を引き受けた、いわゆる替え玉と思わざるを得なかった。

捜査は、この犯行に使われたことが間違いないけん銃を、この男がどういうルートで手に入れたのかに向けざるを得なくなった。

しかし、男は、最後までこのけん銃の入手経路を明らかにしなかった。

この殺人事件の犯人は結局、捕まらず時効となり、迷宮入りとなった。

この事件現場となったマンションもセキュリティーがしっかりしていた。出入口はオートロック式。居住者が来訪者をインターホンの通話、室内の映像モニターで確認して電磁ロックキーを使って開ける方式だ。また、ロビーの部屋呼び出し部（玄関の部屋番号を押す所）で中の設定をすれば、四桁の暗証番号の操作で開けられるという仕組みだ。

これはセキュリティーシステムの一つとして広く採用されている。だが、早朝の新聞配達の場合などに限って、いちいち来訪者の確認というのは不便であることから、一部のマンションでは、その業者には暗証番号を教えて立ち入りを可能にしたりしている。この名古屋支店長用のマンションもそうだった。

このシステムは、不要な侵入者を極力抑止することを目的とした設備であるが、新聞配達員や入館を許されたその他の来訪者の後にこっそり付いて入館する、いわゆる「共連れ」などの方法で侵入される可能性がある。万能ではない。現にこの鹿島銀行名古屋支店長殺し事件の犯人はこの隙を突いて侵入したのだ。「完全にシャットアウトできる」なんていう過信は禁物なのだ。

丹前は、妙な電話があってからというものは、食事などで外出して事務所に戻るのに、専用出入口を解錠するとき、必ず振り返って、不審者がいないか確認するようにした。

宅配や書留郵便物などの配達時にも気を配る。

事務所が入っているビルは、配達人は映像でこそ確認できないが、一階出入口ドア前のインターホンで配達先の部屋番号を押し、用件を言って部屋の関係者に解錠してもらって建物の中に入る仕組みになっている。配達の呼び出し音が鳴ったときには、受話器で相手がどこからの何の配達なのかいちいち確認してから解錠するようにした。

念には念を押す。部屋のインターホンが鳴って出入口のドアを開けるときにも、スコープを覗いて、配達人かどうか確認するようにした。

事務所を閉めて帰る夜道でも気を配った。不審な者が隠れて待っていることはないか、後を付けてくることはないか。

そんな状態で日々過ごしていると、ちょっとしたことにもビックリする。「疑心暗鬼を生ず」とはよく言ったものだ。

一度、こんなことがあった。

今日も事件の依頼はなかったなとしょげつつ、パソコン、複合機などの電源を落としたことを確認し、最後に部屋の電気を消してドアを開けたときだった。

白い物体が視界に入り、思わず身がすくんだ。

しかし、それも一瞬だった。

よく見ると、何のことはない。ビルの清掃員がモップの用具を持ってたまたま部屋の前を通りかかったのに鉢合わせただけだった。

妙な電話があってから一〇日近く経つ頃には、一人相撲のような戦々恐々とした生活ぶりも少しずつ影を潜めてきた。

奈良時代に自分なりに納得する形で事件を処理し、特に人に恨まれるようなことはしていないはずだという自信も取り戻していた。

仮に当時の事件関係者だったとしても、こちらに連絡をとってきたというのは恨みで何か仕返しをしようというのではなく、何か別の用向きではないだろうかと考えるようになっていた。

件の電話があってから、二週間近く経過していた。

事務所のある神戸三宮の街は、神戸ルミナリエの祭典も始まり、夕方には、三ノ宮駅へとつながる道のどこもかしこも旧居留地に向かう若い男女連れでごった返すようになっていた。

神戸ルミナリエは、平成七年の阪神・淡路大震災の発生を契機に、亡くなられた方々の鎮魂と追悼、神戸の街の復興を祈念して震災で激減した神戸への観光客を再び呼び戻そうということで、毎年開催されている。

旧居留地の通りや広場を独特の幾何学模様のイルミネーションで飾る。その様は昼間とはまったく異なる電飾の風景を現出させ、人々の目を楽しませて飽きさせない。

丹前は、朝、いつものように電車に揺られながら座席に座って新聞を拡げていた。

明石から三ノ宮まで各駅停車で三〇分。快速や新快速だと、二〇分から二五分で行ける。

相変わらず、事件の依頼もない状態。急いで事務所に着かねばならないわけでもなし、各駅停車でのんびり座っていくのが日課となっていた。

時間も午前一〇時前だと、通勤ラッシュとも無縁だ。

新聞は、一面を見て、右側の見出しにこれといったトピックがなければ、まず三面記事を開く。これは検事時代からの癖だ。この日もそうだった。三面の見出しの大きい記事を拾って読んだ。

これまでも度々目にしているが、マイナンバー通知カードが受取人不在で返送されている件数が相次いでいる。来年一月から社会保障や税などの行政手続で利用が始まるというのに間に合うのか、各自治体、郵便局の対応ぶりが問題になっていた。

これら記事に一通り目を通して、右側の比較的小さい見出しを拾っていた。

「奈良、生駒山中に男女の変死体。死後二日」

これに目が止まった。

件の不審電話でしばらく奈良地検時代とつながったせいもあった。

丹前は、その見出しの記事を読み進むうち、胸の鼓動が高鳴っていくのを覚えた。

「高山敦史、あいつだ」

一〇年ほど前、殺人罪で起訴した男だ。

記事によれば、この高山は女性と車に乗った状態でマフラーの排気ガスを車内に引き込み、一酸化炭素中毒で死んでいるのが発見されたという。女性の方は、首を絞められたことによる窒息死。

高山は、平成一六年一二月、元勤務先の会社社長を鉄製の鈍器で殴って殺害し、懲役一〇年の刑に処せられた。

その高山は今年八月に出所したばかりだという。

女性の身元も判明していた。

小山麗子。三五歳で四一歳になっている高山と六つ違いだ。奈良県平群市のアパートに住むＯＬ。

一〇年前の殺人事件が発生したのは、一二月に入って間もない時だった。

秋口から県警捜査二課が強制着手した投資がらみの多額の詐欺事件を、関係者の逮捕、再逮捕と繰り返して何とか処理し、これで年末まで何も事件が起きなければ、ゆっくりと在宅未済事件の処理をしながら過ごせると思っていた矢先だった。

検事は、事件の関係者が逮捕されて送られてくる身柄事件だけでなく、在宅事件の配点も受ける。ベテランになると、処理するのに難渋する在宅事件の配点を受けたりする。そのような事件を身柄事件の処理の合間に事件記録を検討し、関係者の取調べなどの捜査をして処理するのだ。

登庁前の午前八時過ぎ、奈良県警本部から平群署管内で殺人事件発生との急報を受けた。

朝食もそこそこに登庁し、立会事務官と一緒に警察車両で現場に急行した。

現場は、プラスチック成型の会社「S合成樹脂」の事務所二階。

被害者は、そこの社長の田所次郎、六八歳。頭部を鈍器で殴打されたことによる殺害と思われた。

現場には、捜査一課の管理官、検死官、鑑識班係員が既に到着して、床に横たわった死体の見分と事務所内の鑑識活動をしていた。

被害者の頭部は後頭部が大きく陥没しており、そのキズの状態からしておそらく鈍器で一撃されてその場に昏倒し、そのまま死に至ったものと推定された。

現場にその凶器は見当たらない。犯人がそのまま持って行ったのか。

第一発見者は、会社の年配の女性従業員、宮本淑子だった。

他の従業員にはその年に入ったころから、辞めてもらっていた。会社が倒産し、破産手続に入っていることもあり、残っているのは経理と雑務をやっていたこの第一発見者の宮本と社長だけだった。

前日は、この宮本は休暇をもらっていて出社していない。

今朝方、宮本が出社して、社長が殺されているのを発見したのだった。

事務所出入口の鍵はかかっていなかった。

物取りの犯行か？

しかし、事務所が荒らされた形跡はない。

怨恨の線か？

社長の取引先関係、知人関係などを中心にした聞き込みの捜査が始まる。

解剖の結果、死因は頭部外傷、脳挫滅。死亡推定時刻は発見時の前日の午後八時ごろから一二時ごろ。

その時間帯における不審車両、人物の出入りがなかったか、近隣住民の聞き込みも初動捜査のポイントとなった。

この事務所に併設されたプラスチック成型工場も閉鎖状態。周りはのどかな田畑しかない。少し離れた所に農家が数軒あった。工場前の車一台がようやく通れるような小さな道路を二、三〇〇メートル行った先が国道一六八号線と交わっており、その角にコンビニが一軒あるだけだった。

農家の聞き込みで情報が一つあった。

事件当夜、老齢の農夫がいつものようにＮＨＫの九時のニュースを見て、それが終わってしばらくした午後一〇時過ぎごろだった。飼っている柴犬がよく吠えるので様子を見に外に出た。

別に変わった様子もなく、近所迷惑だと思って犬を叱る。

それから玄関の戸を閉めようとした時だった。

事件の起きた会社の方から車が一台、走って行くのが見えた。速度も普通と変わりがなかったので、特に気にとめることもなく、玄関を閉めたという。

これが犯人の車なのか、まったく関係のない通りすがりの車だったのか不明だった。

コンビニの防犯カメラを調べた。夜間帯、コンビニ前の駐車場に出入りする車、人、国道一六八号線の車の行き来は被写体になっていたが、残念ながら現場に通じる道路は捉えられていなかった。

頼みの綱は、事件の動機関係、つまり怨恨の線での知人、取引関係をターゲットにした聞き込みだった。

会社は破産手続き中。取引先で多額の債権を持つ業者が回収できない腹いせに凶行に及んだ？　十分疑われる線だった。

宮本から出してもらった債権者リストをもとに金額の多い業者から当たることにした。

こういう事件では、初動捜査が肝心と言われる。

しかし、芳しい成果も出ないまま、二か月が過ぎた。

捜査の進展がない、膠着した状態になりつつある時だった。一人の若い男が所轄の平群署に出頭した。

「オレが殺りました」

これが高山敦史だった。

田所社長のS合成樹脂の会社の元従業員だった。

覚悟を決めて出頭したこともあり、素直に供述した。

高山は、当時三一歳。少年時代に万引き、オートバイ盗などの非行歴はいくつかあったが、すべて不処分で済んでいた。前科もなかった。

上背は一七〇センチを少し超えたぐらいで、どちらかというと、やせ形。色白で長髪。細目で表情があまり表に出ない暗いタイプの男だった。

犯行当日の夕方、近鉄生駒線の平群駅近くのファミリーレストランに寄ったとき、偶然レストランを出たところで田所社長と出くわした。

久しぶりだなと声をかけられた後、社長から「何か仕事をしているのか」と聞かれた。

仕事もなく、ブラブラとしていた高山が応じると、社長が親切に誘った。

「お前のことはずっと気になっとったんだわ。金になる仕事があるぞ」「後で事務所に来ないか。今日は遅くまでいるから」

高山は、これはいい金もうけの仕事を紹介してもらえるかもと期待して、事務所を訪ねる約束をした。

約束の一〇時ごろ、高山は一人で車を運転してS合成樹脂へ行く。事務所に上がると、田所社長が一人でいた。

事務所で、社長は社長用の椅子に座り、高山はすぐそばの応接セットのソファーに座った。

社長の金もうけの仕事というのは、聞くとこういうものだった。

「中国からレンガを密輸して、それをいくつかの密売ルートに流してもうける。その手伝いをしてみないか」という。レンガというのは、シャブつまり覚せい剤の塊のことを指した。

かなり危ない橋を渡るもので、とても乗れる話ではなかった。すぐに断った。

ところが、田所社長は豹変し、それを脅しで強要し出した。

「お前、何言ってんだ。この話は、大阪のヤクザもからんでいるんだぞ。一度聞いたら断れるわけないだろう」

田所社長のその掌を返すような態度にカーッとなり頭に血が上ってしまった。

社長が高山の返事を待つようにして、椅子に座ったまま背を向けた時だった。その背後から、すぐそばの脇机の上にあった、鉄製の文鎮を掴んで、社長の後頭部を殴りつけた。

一撃だった。

血が肉骨片もろとも飛び散り、社長はウッという呻き声を上げて椅子ごとその場に倒れ込んだ。

高山は、凶器の文鎮を隠し持ったまま、すぐにその場から立ち去り、車で逃走した。

途中、竜田川の近くを車で走っているとき、凶器の文鎮を川に投げ捨てた。

この文鎮は、高山の自供が得られてから、川ざらいで発見されている。

一九九四年三月二二日、平群カントリークラブで開催されたゴルフコンペでのこと。田所社長が一三番一七五ヤードのショートホールで見事ホールインワンを達成し、その記念で特注製造し、コンペ仲間にも配った文鎮だった。

鉄製で重量感があった。

数字の「1」の形をした大きな文鎮。上がカギ状、下は逆T字になっていた。上の方を手で掴むと、さながらハンマーだった。

よく見ると「HOLE IN ONE スポーツ振興平群 C.C. NO13 175Y 1994.3.22 Z.TADOKORO」と刻まれていた。

高山は、これで社長の後頭部を殴り付けたとき、飛び散った血が着ていたジャンパーやズボンに付いた。

このジャンパーやズボンは、現場から逃走したあと、自宅アパートで着替え、大きな黒色ビニール袋に入れてゴミに出して捨てたため、見つかっていない。

高山の自白があり、凶器の文鎮もその自供通り、発見された。

いきさつの中で出てきたファミリーレストランの裏付けも取れた。ほぼ高山の自供通りのメニューで、入店が当日午後五時二一分。ハンバーグステーキと生ビールを注文。午後六時一三分に会計を済ましていた。

これに被害者の血が付いた服が押収されておれば、申し分なかったが、ゴミに出して廃棄したとなれば仕方がなかった。

ただ、高山が語る動機面は、どうしても唐突感が否めなかった。

覚せい剤の取引によるもうけ話は本当なのか。疑問が残った。

というのも田所社長の周囲を洗うも、それにつながる話はまったく出て来なかったからだ。


当時、高山が付き合っていた女性。それが今回、生駒山中で一緒に変死体で発見された小山麗子だった。

当時、警察はこの小山にも当たっている。

この小山から少し気にかかる話が出ていた。

「はっきりしないけど、事件のあった晩は、敦史は友達の平野孝夫さんと一緒に飲みに行っていたと思うけど」というものだった。

当然、警察はこの平野も当たった。

平野は、事件当夜、高山と一緒にJR王寺駅の近くのスナックで飲んでいた。

時間は午後八時前ごろから一〇時少し前だったように思う。店を出てから、近くのスーパーの前で別れた、ということだった。

当時、高山は王寺駅の近くのアパートに一人で住んでいた。王寺駅は近鉄生駒線とＪＲ大和路線が乗り入れしている。

午後一〇時前であれば、現場まで距離にして五、六キロ、車で数分であり、犯行は十分可能だった。

警察はスナックの裏付けもした。

当夜、スナックのママは休みで、アルバイトの若い女の子だけが出ていた。

当夜、お客はこの平野と高山だけだった。そういうこともあり、この女の子は二人を覚えていた。入店時間は、午後七時半に店を開けてしばらくした午後八時ごろということだったが、肝心の店を出た時間の詰めがどうしてもできなかった。二時間ほどいたと思うが、一〇時前だったのか、過ぎていたのかはっきりしなかった。

当初、高山はこの平野と一緒に飲みに行っていた話はしていなかった。レストランで一人で食事した後、田所社長との約束の時間までまだ時間があったので、車で時間つぶしにブラブラとしたというものだった。

平野とスナックの裏付けが取れて、それをぶつけると、ようやく高山はそれを認めた。

その言い訳もこうだった。

「友達の平野に迷惑がかかると思った。特に隠すつもりはなかった」

この供述の出方、それと農家の主人が見た車の特定、平野と高山がスナックを出た時間の詰めができなかった点、それに唐突な感じが否めない本件の動機、ひっかかりがなかったと言えば嘘になる。

しかし、高山は一貫して犯行を認めていた。

それに、その殺害状況にも不審な点はなかった。社長が脅しをかけてから「よく考えろ」と言って、自分の机の上のタバコを手に取って座っていた椅子を回転させ、タバコに火をつけようと背を向けていた時、その後頭部を文鎮で一撃したというものだった。

高山は、社長が座った椅子のすぐ横、脇机の上にあった物をとっさに握ったので、はっきりした記憶ではないが、と前置きしつつ、ハンマーの形をした部分で殴ったという。

解剖結果による頭部外傷の傷口と矛盾もなかった。

犯人であるとの立証は十分だとして公判請求することにした。

次席検事、検事正の起訴決裁でも特に問題点を指定されることはなかった。


丹前の事務所にかかってきた電話の主はこの事件の高山に違いなかった。

時期的に高山が出所して間もない時期と重なる。

丹前は、新聞記事を目にしてから、こうして電話の声を思い起こしてみると、徐々に記憶が蘇り、確かにあの高山の声だと思い当たっていた。

それにしても高山はなぜ、起訴検事だった丹前にわざわざ電話をかけてきたのか。

事件を振り返っても、特に高山に恨まれる覚えはない。

しかし、それだけに丹前は余計ひっかかった。

「今日のところは」と詳しい話はまたの機会にという含みを残した言葉。

機会を改めて丹前に何か話をするつもりだったはずだ。それも重大な何かを。高山はいったい何を話したかったのか?

変死体となって発見された高山と連れの女性小山の件については、警察は現場の状況からして、無理心中の線と見ているだろう。

高山は、車の排ガスによる中毒死だが、小山は絞殺死。高山がこの小山の首を絞めて殺したあと、その後追いで車の排ガスを車内に引き込んで自殺したというものだ。

これだと、よっぽどのことがない限り、県警本部の捜査一課は入らない。所轄の平群署レベルで捜査する。

捜査といっても、無理心中の動機の有無、遺書の類いの有無などを調べるという程度だ。

その捜査の結果も気になった。

それから正月を挟んで半月ほど経った。

周りは正月気分もすっかり陰を潜め、普段の街の様子を取り戻していた。

丹前は、思い切って古巣の奈良地検に電話してみることにした。

いくらOBとはいえ、一旦検察を離れると、何となく敷居が高く感じられ、気軽に電話するというわけにはいかなくなるものだ。

いくらか緊張感を持ちながら、丹前は受話器を手にしていた。

「はい、奈良地方検察庁です」

聞き覚えのない若い男性の声だった。丹前が奈良地検に籍を置いていたのはもう一〇年以上も前のこと。知らないメンバーも多くなっていることを知る。少しだけ寂しさが頭をかすめた。

奈良地検は規模でいうと、中小地検だ。電話交換手を特別に置いていない。総務課の職員が受けたと思われた。

「弁護士の丹前と言いますが、谷口事務官お願いします」

それで取り次ぎを待とうとしたが、聞き返されてしまった。

「すみません。そちらさまのお名前をもう一度お願いします」

相手にちゃんと伝わるように、「た、ん、ぜ、ん」と区切り、続けて丹前です、と言った。

「事件管理の谷口係長ですね。少しお待ちください」

谷口洋介事務官。丹前の奈良地検時代の二年間、ずっとペアを組んで一緒に仕事をしてきた事務官だ。一〇年前はまだぺーぺーの事務官だったが、一〇年経つ間に事件管理の係長にまで出世したことを知り、丹前は我がことのように喜ぶ。

当時から、なかなか気が回り、有能な事務官だった。

電話の向こうに耳を傾けて待っていると
「検事、お久しぶりです」

懐かしい谷口の軽快な声がした。

一挙に高かった古巣との敷居が取れる。

「おい、検事はないだろう。もう退官した身だから」

「それはそうですけど、つい出てしまいますね。ハッハッ、すみません」

どちらともなく、年始のあいさつを交わす。丹前が力のこもった声で言った。

「えらい出世やな」

「そんなことありませんよ」

謙遜して答えるが、事件管理と言えば、検察の仕事の中心となる捜査、公判の管理部門であり、地検では一番忙しい部署だ。そこの係長に抜擢されたのだ。

「どうだ事件管理は忙しいだろ」

「ええ、まあ」

一〇年の間の移り変わりなどを聞きながら世間話といきたいところだったが、用件を手早く伝えて頼むことにした。

「この間の新聞見た？」

これにはすぐに谷口事務官も反応した。

「ええ見ましたよ。ホンマ、ビックリですわ」

谷口事務官は、丹前と一緒に高山の殺人事件を捜査し、処理している。

「実は、そのことでちょっと気になることがあって、電話したんや」

一月以上前に、高山と思われる男から電話があったことを、その内容を交えて語った。

お互い、高山が前の事件にからんで、当時の担当検事に何か伝えたかったのではないのかという結論に至る。

平群署が高山と連れの女性の死亡の件をどう始末をつけようとしているのかも気になる。お互いに。

遺書などで心中の動機がはっきりしていれば、特に問題はない。しかし、そうでなければ、直前の高山の行動からして気になるところだ。

「検事、いや先生。先生の方では検事時代のように動けないでしょうから、こっちでちょっと調べてみます」

「何か分かったら、また相談します」

「ご相談な」

「そうです。ご相談です」

お互い、笑って電話を切った。

丹前とて、元検事にすぎない。もはや検察組織の人間ではなく、外部の者である。事務官は職務上、知り得た秘密事項を軽々と外部の者に漏らすわけにはいかない。お互い、そのことはわきまえている。しかし、外部の者であっても、事の真相を明らかにするのに相談することは許されるはずだ。相談するためには、その限度で職務上、知り得た秘密事項でも情報として与えてやらないと始まらないというわけだ。


谷口は、丹前先生から電話をもらってから、手の空いたお昼過ぎ、田中丈治三席検事の部屋をノックした。

奈良地検の三席検事と言えば、丹前先生が一〇年ほど前にいたポストだ。

県警の捜査二課から相談を持ち込まれる大がかりな知能犯、贈収賄事件等を担当する財政経済係と本部係を受け持つ。

本部係は、県警が本部を設置して捜査を行う殺人、強盗殺人等を担当する係だ。

この種の事件の初動捜査に万全を期すために、常に事件発生時から県警本部捜査一課と連絡を取り合う体制にしている。

平成二一年五月からの裁判員裁判の施行に伴い、特に客観証拠の収集が重視されるようになり、それらが散逸してしまう前に、警察と検察相互の緊密な連携をとって証拠収集とその保全を図るようにしているのだ。

そのようなこともあり、地検の三席検事は県警本部の幹部にも顔が利く。

田中三席は、その前年四月に大阪地検から異動してきた。大阪地検では、特捜部に籍を置いていた。若くて優秀な検事として評判であった。

奈良は、古都のイメージがあるが、大阪とつなぐJR大和路線、近鉄奈良線が乗り入れている関係で大阪とは通勤圏である。そのため、一部大阪のベッドタウン化している。事件も一課、二課を問わず、重大事件が増えていた。田中検事を奈良地検の三席検事にすえたのも、上層部でその力量を見込んでのものと思われた。

谷口は、三席検事に事情を話した。

三席も生駒山中の男女の変死体については、警察から連絡を受けて把握していた。本部係としては当然のことであった。

ただ、その発生の連絡を受けただけで、その後の顛末の報告を受けていないこともあり、平群署にその捜査の進展状況を聞いてみると請け合ってくれた。

田中三席検事は、谷口の話を聞いて初めてその平群署の変死体事件と丹前元検事との関わり合いを知った。

「男の方は殺人事件で受刑し出所したばかりだということだったが、そうか、その男の事件は丹前先生が起訴した事件だったんか」

谷口は、その男、高山から丹前先生に電話があったことには触れなかった。話しても良かったのだが、丹前先生に断ってからすることにしたのだ。

その日の夕方には、その結果が谷口にもたらされた。

子細はこうだった。

高山は、平成二七年八月二一日に岐阜刑務所を出所していた。両親は既に他界しており、兄弟は姉と兄がいた。姉は他県に嫁いでおり、実家には兄とその家族が住んでいる。高山が殺人事件を起こして警察に捕まったことで、兄弟の縁は切っていた。

それで、出所後は、小山麗子のアパートに転がり込んでいたようだ。

心中するような動機は何かないのか。

小山は、高山が刑務所に行っている間、どうも別に好きな人ができて付き合っていたようだという。勤め先のレンタカー会社の同僚だった。

高山がそのことを知って、小山との間がこじれ、無理心中に至ったのか？

平群署の方では、高山が小山にその件で詰め寄り、厭世的になった高山が小山を絞め殺して自分もその後追いをしたという無理心中の線で事件の結末をつけようとしているようだと。

遺書の類いは見つかっていないが、高山と小山の周辺の聞き込みでほぼこのような見立てになりつつあるというのだ。

それに二人の死体が発見された軽四の運転席の足元から睡眠薬の錠剤シートも発見されたという。

通常、一日の服用が一錠なところ、三錠分が錠剤シートから押し出されて空になっていた。高山が一度に三錠飲んだ可能性があると。

また、運転席左横からミネラルウォーターのペットボトルの飲み残しが見つかっており、そのペットボトルから小山と高山の指紋がそれぞれ検出されているという。

谷口は、早速、丹前先生に電話して、その取りあえずの情報を報告した。

丹前は、谷口の手際よい報告を一方的に聞くだけにとどめた。

遺書の類いが見つかっていないとしても、これだけの情況があるのであれば、所轄の見立てもそれはそれで仕方がないような気がした。

そう思いつつも他方で、丹前は、高山が電話をかけてきたときのやり取りが蘇って来て、割り切れない思いを引きずった。「今日のところは……」と語っていた高山。次は丹前に何を話すつもりだったのだろうかと。

無理心中で小山を殺害したのが高山であるとなると、「被疑者死亡」である。

被疑者死亡だと、これで完全に捜査は打ち切りになる。断罪されるべき人間がこの世に存在しない以上、それは仕方ないことである。

しかし、そういうことになれば、他の可能性、つまり高山、小山の二人を誰かが殺害し、それを無理心中に見えるように工作した疑いの線での捜査はこれから先、永久になされないことになってしまう。つまり事件の真相が永久に闇に埋もれてしまうことになるのだ。

そういうこともあり、「被疑者死亡」の結論づけは取り分け慎重でなければならない。

丹前は、検事になりたてのころ、東京地検の本部係検事として警視庁の数々の凶悪難事件を解決してきた、輝かしい実績を持つ刑事部副部長から教えられたことを思い出していた。

しかし、かといってその疑いの線もあるというだけで何らそれを裏付けるものもない状態ではどうしようもなかった。

丹前は、忙しい合間にわざわざ電話で報告して来た谷口を労った。

「谷口、忙しいのに振り回して悪いな」

「何をおっしゃるんですか。検事、いや丹前先生。先生の頼みなら、いつでもウェルカムですよ」

丹前は、谷口のその言葉に思わず笑ってしまった。

笑ったものの、そうだちょうどいいと思い直し、谷口のウェルカムに丹前は乗っかることにした。

三席検事を通じて平群署からの情報を得ている谷口から直に子細を聞くべく奈良に行ってみようと思い立った。

「しばらく奈良も行っていないなー」

本心から久しぶりに奈良の空気を吸いたいとも思った。

「是非、いらしてくださいよ」

トントン拍子に来る日曜日に奈良行きが決まった。

谷口のいつでもウェルカムに偽りはなかった。


丹前は日曜日の昼過ぎ、自宅のある兵庫県の明石からＪＲ神戸線で大阪に出て、環状線に乗り換えることにした。

大阪駅で環状線ホームに上がったところへ、ちょうど大和路快速が入ってきた。ラッキーと乗り込んだ。

いつもなら、環状線で鶴橋に出て、そこで近鉄に乗り換えて奈良へ行くところだ。このまま大和路快速一本で奈良まで行ける。

休日でしかも暖冬の予報に違わず、一月にしては小春日和のような陽気。奈良公園の梅も開花したかもしれない。車内にはその陽気に誘われて古都奈良の散策を楽しみに行くのだろうか、リュックをしょった年配の男女が目立つ。

丹前もそれに交じるように、チノパン、セーター、ジャンパーにリュックを肩にかけた軽快なスタイルだった。

谷口との待ち合わせは、午後三時、近鉄奈良駅の東向商店街の入口にある、行基の銅像の噴水前にしていた。

大和路快速の終点はJR奈良駅。待ち合わせ場所までは少し歩かなければならないが、早めに出かけたこともあり、JR奈良駅には午後二時過ぎに着いた。

久しぶりの奈良だった。思い出の場所などを時間つぶしに歩きながら巡ってみることにする。

三条通りを世界遺産、興福寺に向けて歩く。

休日とあって、両側の歩道は観光客が行き交い、賑わっている。

特に、東向商店街の南側では、テレビ放映もされたりしておなじみの餅つきを実演して、つきたての餅を食べさせてくれる餅飯殿の前には、相変わらず人だかりができていた。

熱々の餅を買い求めた観光客がフーフー言いながら、美味しそうに餅をほおばっている。

その混雑の中をくぐり抜けて猿沢池に出た。周囲三五〇メートルほどの小さな池だ。

小春日和に誘われるようにして、池の中の小さな浮島に亀が所狭しと上がって、ひなたぼっこをしていた。

池の周りのベンチには、人々が日差しが弱まるのを惜しむように身を休めている。穏やかな猿沢池の湖面を眺めながら、あー、やっぱり奈良はいいなー。丹前は、猿沢池越しに春日山を遠望しながら、思いっきり奈良の心地よい空気を吸った。

この池は、不思議な池だと言われる。どんなに日照り続きでも池の水は減らないし、またどんなに雨が降り続いても池の水は増えないという。

そう言えば、松原泰道という仏教の教学者が述べていた。学問の総府ともいうべき「法隆寺」を建て、政治理想を高く標榜して「大仏」を造った遠い我々の祖先だ。そのような祖先が何も考えずにこの池を掘ったとは考えられない。この工事の基底には敬虔な宗教的情緒を持っていたに違いない。そのような視点から、「猿沢池」は実は、「去る・差・和の池」だとし、「差」は減ること、「和」は増えることであり、この増減への執着心をとり「去れ」ば、空の池を見ることができるとの教えを示しているのだと直観されていた。つまり人間が自分にとらわれて、増減の価値判断をするのであるから、この「自分」を抜いてしまった空の世界には「増減」はないということ、般若心経の中の「不増不減」＝永遠の調和というものを願っているのだ、と。

丹前はそんなことを考えながら、猿沢池のほとりを半周してから、興福寺への階段を一段一段、力強く踏みしめながら上った。久しぶりの奈良をこの足で確かめるように。そして、興福寺の境内に歩を進めると、右手に堂々とそびえる五重塔。

上の段に行くに従って、少しずつ屋根部分が小さくなる他の五重塔と違って、ここの五重塔は下から上まで屋根の大きさが変わらない。重厚な感じはそこから生まれるのだろうか。

最初に奈良に赴任して、歓迎会の後、一人ライトアップされたこの五重塔を下から見あげて、圧倒された。その感激を一人で味わうのがもったいなく感じられ、携帯で位置を変え、角度を変えして何枚も写真に収めたものだ。

興福寺の東金堂前の砂利道では、観光客から鹿せんべいに有り付こうと鹿がウロウロしていた。奈良の鹿にとっては冬場のエサが不足する時期なのだ。

それを尻目に興福寺境内の砂利道、石畳と通り抜けた。興福寺の参道の左右のケヤキや紅葉はすっかり葉を落とし、寂しげだ。その合間、合間に濃い緑の木々。この季節ばかりに常緑樹の椿がその存在感を見せている。

奈良県庁舎前の登大路に出る。

登大路の歩道を近鉄奈良駅の方へと心地よい下り坂を下っていく。

下った先が東向商店街の北側入口だ。

近鉄ビル前の小さな広場に行基の噴水がある。相変わらず、辺りは外国人を含めて観光客で賑わっていた。

待ち合わせ時間までちょっと早いかなと思って見ると、噴水前でスマホをいじっている谷口がいた。

ビックリさせてやろうとそっと近づいたが、スマホから顔を上げた谷口に気付かれてしまった。

「あっ、検事」

懐かしい谷口の笑顔に思わず、丹前の頬が緩む。

「おー、久しぶり。休みに付き合わせて申し訳ないな」

「検事に久しぶりにお会いできるのですから、いつでもオーケーですよ」

相変わらず、「検事」の呼び方が改まらない。丹前は三〇年近くもそう呼ばれてきた。気に障るものでない。気に障るどころか、その懐かしさに気分を良くしていた。

すぐそばのビル三階のスパゲッティー専門の店が比較的すいているだろうと入った。

お昼の時間帯から外れていることもあり、店内の客もまばらだ。

若草山が一望できる窓側に座って、二人ともコーヒーを注文した。

どちらともなく、「イヤー、新聞見てびっくりですよ」「そうだな」と電話でやり取りした会話を繰り返した。

コーヒーが運ばれてくる間、手短に谷口が田中三席検事から聞いた、高山らの変死体事件の処理方針を説明し始めた。

アルバイトと思われる若い女の子がほのかなコーヒーの香りを漂わせたコーヒーを運んできた。

しばし話が中断した。

ミルクと砂糖を入れてスプーンで丁寧にかき回す。丹前のいつものスタイルだ。コーヒーをすすりながら、丹前は切り出した。

「高山は前の事件のことで何か俺に伝えたいことがあったと思うんだ。そうでなければ自分を起訴した元検事のところになんか、電話かけてくるか？」

谷口が応じる。

「そうですよね」

そういう高山が突然、生駒山中で女連れで遺体となって発見された。

所轄は、無理心中と見ているようだが、どうも筋が違うような気がする。

検事同士は、よく「事件の筋」というのを口にする。

それは事件を取り巻くあらゆる証拠、情報をもとに合理的に推認される事実関係というべきものだ。

丹前は、検事時代、その推認の検証というべきものを、時折、立会事務官とのやり取りで補うことがあった。

疑問に思っていること、確証が持てることなどを立会事務官を相手に語る。そうして事務官の反応を見る。また、考える。時には事務官に言われて気付くこともある。それが事実関係の整理になり、新たな捜査上のポイントを得ることにつながるのだ。検事にとって、立会事務官は捜査を遂行する上で欠かせないパートナーだと常々思っていた。

丹前から一〇年前の高山事件の処理を振り返りつつ、その高山がなぜ今ごろ、丹前に連絡をとって来たのかという疑問、それらの説明を、谷口もそれに相づちを打ちながら聞いた。

しかし、最後にはウーンと言うなり、腕を組んで考え込んだ。

丹前は、改めて高山の事件を捜査し処理した当時のことを思い返してみる。

高山が事件のあった晩、直前に友達とスナックで飲んでいたという点、高山は当初これを語っていなかった。

先にこちらがその事実を掴んで本人にぶつけてようやく語ったものだった。

「一緒に飲んでいた友達に迷惑をかけてはいけないと思った」

これが高山から話さなかった理由だった。当時は一応それで納得していた。

しかし今、こういう展開になってみると、その点が疑問点としてにわかにクローズアップされる。

本当に高山が一緒に友達と飲んでいて別れたのは、午後一〇時前だったのだろうかと。

丹前が切り出した。

「前の事件のとき、アリバイになりはしないかで、一応当たってみた高山の友達がいただろ？　何と言ったっけ？」

記憶力の良い谷口君、さすがだ。すぐに反応した。

「確か平野という男です」

「今、どこにいるんかな」

谷口は丹前の意図を察した。

「調べてみます」

丹前は、取りあえず、平野の所在捜査を谷口に任せることにした。動くのはそれが判明してからだと思った。

話が一段落し、フーッと息をついた。コーヒーカップの中はすっかり空だ。丹前はぬるくなったコップの水の残りを一気に乾いたのどに流し込んだ。

気がつくと、外は夜のとばりが下りている。

窓越しに冬の若草山のこんもりとした姿がシルエットになって夜空に墨絵のように薄く浮かんでいた。その中腹に明かりが灯っている。あれは料理旅館「三笠」だろうか。

丹前は、久しぶりに奈良地検時代によく通ったガンコ親父の居酒屋に行ってみたくなった。

「久しぶりに親父の顔でも拝みに行くか」

「いいですね」

谷口の顔がニコッと大きく崩れた。

昔なじみの店は、古い町並みの奈良町の近くにある。

ガンコ親父は、ポニーテールの頭をして、いつも藍色の作務衣を着ていた。

料理は、おばんざいと言って、カウンターの上の大皿に盛り付けてある。その中から何品かチョイスして小皿に取り分けて出してもらう。おばんざいは、京都辺りが定番なのだが、奈良の飲み屋でもときどき見られる。

それを食べながら、時々ガンコ親父と話をしながら、酒を飲むのだ。

何がガンコかというと、酔っ払い、うるさい客はさっさと追い返す。気に喰わない客とは一切しゃべらない。

丹前は親父に気に入られていた。

谷口を伴って店に入るなり、親父に言われてしまった。

「何しに来たん?」

これは真面目に用向きを聞いているのではない。親父特有の意地悪な質問なのだ。

丹前が笑って返すと、親父の気難しい顔が少しだけ崩れた。

店内は、カウンター席六つに、四、五人掛けのテーブルが二つの小さな店。ガンコ親父一人で切り盛りしている。

時間が早いこともあって他のお客はいなかった。丹前らの貸し切り状態ということもあり、奥テーブルに向かい合いって座った。二人とも取りあえず生ビールを注文し、そのあてにカウンターのおばんざいの中からタコと生野菜のサラダ、鰯の梅煮、豚の角煮を頼んだ。

店内では、事件の話は一切しない。検事時代に通っていたときからそうだ。

谷口とは一〇年の間の空白を埋めるように、お互いの話題を交換し合った。

谷口は、ずっとビールで通し、丹前はビールは一杯で済まして、後は焼酎のお湯割りにした。途中から、次々とお客が入ってきたので、丹前たちはテーブル席からカウンター席に移動した。

丹前は、カウンターの中にいた親父に検事を昨年七月に辞めて、今は神戸で弁護士をしていることを話した。

「じゃ今度は、敵同士やないか」

「そうなんですよ」

親父のことばに、丹前と谷口は互いを見合って笑った。

あまりしゃべらない親父だが、その親父が丹前をじっと見ながらぽつりと言った。

「そう言えば、あんた、顔つきが柔らかくなったね」

丹前は同じように笑って聞き流そうとしたが、親父がじっと丹前を見つめて言うのでそうも行かず「そうですか?」と聞き返した。

「前に来ていたころは、そうでなかったもん」

丹前は、軽く笑った。悪い気がしなかった。自分では意識したことはなかったが、人から見るとそういうふうに感じられるのだと思った。

そんなやり取りをしている頃に、あっという間に明石に帰るタイムリミットの午後一〇時になっているのに気付いた。楽しい酒を飲んでいる時は、時が過ぎるのも早いものだ。

丹前は、親父に「また来ます」との言葉を残して谷口とガンコ親父の店をあとにした。

近鉄奈良駅で帰りの電車に乗った。ちょうど神戸三宮行きの急行があり、それに乗り込んだ。一人、心地よい酔いに浸りながら、丹前は「顔つきが柔らかくなった」と言った親父の言葉を反すうしていた。誰も座っていない真向かいの座席の窓ガラスに映った吾が顔を見る。が、検事時代と変わり映えしない顔としか思えない。自分では気がつかないが、人から見ると微妙に変わるものなのか?

そんな思いをしつつ、ふと偉大な先輩検事が語ったことのある戒壇院の四天王像、広目天の形相を思い出した。

戒壇院は、奈良の東大寺の松林の一角にある。この戒壇堂の内壇の四すみに天平時代の彫像四天王像がある。先輩検事は、そのうちの西方の守護に当たる、左手に巻子、右手に筆を持ち、邪鬼を踏み付けて立つ広目天が好きだと語っていた。眉間を八の字にして目を細め、遠くをにらむ広目天を見て、先輩検事は、ああこれは検事の目だなと思ったという。梵網経の蓮華蔵の世界観によれば、四天王は仏の世界を表す須弥山にあって下界の人間の住み暮らす須弥四州を見守っているということであり、広目天のまなざしが遠くを見通しているのも、それを表現していると見られているらしい。荒々しく武装しながらも、その目が遠くを見すえ、怒りを表しているような、人間の煩悩を嘆くような形相だ。この深みを見ると、犯罪者のいささかの罪も逃がさないと険しく見つめながらも、人としてのどうしようもない性に触れ、時には罪障を共に嘆きたくなる検事の目でもあるように思えると。

丹前は、奈良勤務時代、この先輩検事の語る広目天を見てみたくて、一人、東大寺を参拝しながらこの戒壇院を訪れてみたことがあった。確かに怒っているようでもあり、嘆くようでもあり、それらをすべて包み込むようにして遠くをじっと見据えるその目に、凄みを覚えたものだ。すべてを見通して厳しく悪に対峙しながらも、根本的なところでは人間救済の心が感じられた。これが先輩検事の語る検事の目なのか、このようにありたいと思ったものだ。

しかし、今の丹前にとっては、もうこの検事の目はいらない。じゃ、弁護士の目はいったいどういう目だ？　ほろ酔い気分で考えるが、思いつかない。そういうのを誰かが語ったというのも聞いたこともない。丹前は、再び真向かいの窓ガラスに映った吾が顔を見ながら、「自然体、自然体、自然体だ」と独り言ちた。いつの間にか睡魔に襲われた。気がつくと終点の神戸三宮駅に着いていた。

それから一週間もしないうちに、谷口から丹前のところに電話が入った。

平野孝夫の所在情報だった。堺市内の運送会社で働いていた。自宅は王寺町のマンション。妻子と一緒に住んでいるという。

その平野と会う日程調整は谷口が間に入ってやってくれた。

ウィークデーの午後七時、南海高野線堺東駅中央改札口で落ち合うと、その駅ビル地下一階の喫茶店に入った。

平野は、胸に運送会社のマークの入った作業服の上に厚手のジャンパーを羽織っていた。

一〇年経つ間に、平野はだいぶ太って恰幅が良くなっていた。無精ひげが顔の半分を覆っている。しかし、目のくりっとした愛嬌のある顔は変わらなかった。

丹前と谷口が並んで座り、丹前の対面に平野が座った。

水が運ばれてきた。丹前は先を急ぐように「みんな、コーヒーでいいよね」と言ってコーヒーを注文した。

高山が死んだこと、それも変な死に方をしたことについて、平野も当然、知っていた。

平野は、丹前をまだ現職の検事と思っているらしかった。丹前の正面の席で畏まっている。

その平野の方から切り出した。

「高山が死んでから、ずっとどうしようかと思っていたところです」

「谷口さんから電話してもらって、ほんま良かったです」

それに谷口が鋭く反応した。

「どういうことですか？」

平野はその谷口を一瞥して俯いた。両手が膝の上にそろえられている。やおら意を決して語った。

「実は、一〇年前の事件のときですが、高山から頼まれて、事実と違うことを検事さんに話しているんです」

それだけ言って上目遣いに丹前の顔色をうかがう。

丹前と谷口の目と目があった。

すぐに谷口は、平野に目を戻した。

「何をどう頼まれたんですか？」

平野が子細を説明した。

高山は、事件の夜、スナックに行っていたことを警察から聞かれるようなことがあったら、夜一〇時前にはスナックを出てすぐに別れたと話を合わせてくれと言って頼んできたという。

どういう理由からかは分からなかったが、訳が分からないまま、それに従ったとのこと。

丹前が再確認した。

「実際の時間はどうだったんですか？」

「すみません、一〇時を回っていました」

「本当にそれに間違いないですか？」

丹前の念押しに平野の神妙な顔つきは変わらなかった。

自分でも嘘だと抵抗があったのでよく覚えているが、事件の起きた晩、高山とスナックを出たのは夜一〇時をとっくに回っていた。高山は当時、仕事もしていなかったが、こっちは仕事をしていたので、時間が気になって時計を見て確認しているというのだ。

その説明が進むにつれて、丹前の顔が険しくなった。

谷口も丹前の心中を気遣った。

しかし、高山はなぜ平野にこのような口裏合わせをわざわざ頼んできたのか、そこが最大の疑問だ。

仮に、このスナックを出て別れた時間に見誤りがあったとしても、高山が被害者を殺したという認定がすぐに覆るというものではないだろう。

確かに事件現場近くの農家の人が午後一〇時過ぎに現場方向から車が一台通り過ぎるのを見ていた。

しかし、これとて犯人の車と断定できるものでない。犯人の車の疑いはあるが……。

ただ、もし仮にこの車が犯人の車だとしたら……。高山にはアリバイがあった可能性があることになる。

高山はアリバイがあったのに、あえてそれを隠し、自ら犯人として名乗り出た。いったい誰のために……。丹前は頭の中で次々と沸き上がってくる疑問に苛まれながら、平野の話に耳を傾けざるを得なかった。

丹前は、これはひょっとしてまんまと罠にはまって身代わり犯人をそれとは気付かず、事件を処理してしまったかとほぞを噛んだ。

高山が社長殺しの真犯人であれば、わざわざこのような工作などする必要はないのだ。真犯人が他にいた、他にいる。丹前はそう思わざるを得なかった。

そう思って思い返すと、犯人ではなかったのではと思われるような出来事が脳裏に去来し出した。高山を最初に取調べした時に思った。人を殺したのになんでこんなに淡々としていられるのだろうかと。その時には、覚悟を決めて出頭してきたからだろうとしか思わなかった。しかし、それもこの身代わりゆえのことだからではないのかと思い当たる。

その場を重い空気が包んだ。

その重い空気の中、平野が申し訳なさそうに切り出した。

「すみませんでした。もっと早くに話すべきでした。申し訳ありません」

平野は、高山が死んでしまい、今更という感じがしたが、何か重大なことが隠されているのではないかと気になっていたという。

「検事さん、これって偽証とかという犯罪になるんですか？」

平野は恐る恐る聞いてきた。

「偽証は、裁判で宣誓してはじめて問題になるものです。だから問題になりませんよ」「嘘の証言で犯人の発見を妨げたという犯人隠避罪の問題はありますが、もうとっくに時効ですよ」

緊張していた平野の姿勢がフーッと緩んだ。

次いでに丹前は付け加えた。

「僕はもう検事を辞めています。今は弁護士です。平野さんに何かあれば、僕が弁護してあげますよ」

そう笑いながら語る丹前を前に丹前を検事とばかり思っていた平野は一瞬、意外な顔をしたが、すぐに顔を崩して頭をぺこりと下げた。

「そうですか。よろしくお願いします」

丹前は、この平野からさらに情報を得るべく、改めて前置きをした。

「今日は、平野さんからいろいろと話をうかがうのに、この谷口事務官に付き添って来ているだけですから」

いきなり主役を振られた谷口が丹前をチラッと見る。すぐにその意図を察して、テーブルの上で両手を組み、平野の方に身を少し乗り出した。

相変わらず、機転の利く事務官だ。

これまでこいつとのコンビでいろんな難事件を処理してきた。期待をこめてその場の展開を見守った。

「それで、亡くなった高山さんのことで何か知っていることはないか、平野さんにお聞きしたいと思って、ご足労願ったしだいでして」

期待どおりだ。

谷口は更に付け加えた。

「何でもいいんですが……」

何かあれば弁護してあげるという丹前の言葉に気を強くしたのか、平野は饒舌になった。

高山と平野は、王寺商業高等学校の同級生だった。

出所した高山は、高校時代の仲間を通じて平野の電話番号を教えてもらい、連絡をとって来たという。

出所してすぐに住むところがなく、彼女のところに世話になっていた。この彼女が小山麗子だ。

出所して間もないというのに、羽振りのいい話をして浮かれた感じがしたという。

「千万単位の大金がじきに入る」とか言うのを耳にした。

ところが、それからしばらくして会ったときには、それとは打って変わって表情が沈みがちになっていた。

「約束が違う」とこぼすのを聞いたこともあったという。

時期的なものを聞くと、高山と思われる男から丹前のところに電話がかかってきたのとほぼ重なった。

丹前は、高山が出所後にどういう者と連絡をとったり、会ったりしていたのか、その辺りの情報が欲しかった。

身を寄せていた彼女も一緒に死んだとあっては、頼みの綱はこの平野だけだった。

「高山さんが平野さんの他に連絡をとったりしていた人は他に誰か心当たりはありますか？」

「連絡をとったかどうかは分かりませんが、『辻本一誠』の名前は出ていました」

「辻本一誠って？」

谷口がびっくり顔をして聞き返した。

「平群市議の？」

「ええ」

平野が神妙な顔で答えた。

「どんな話の時に、辻本市議の名前が出ていたか、思い出してくれませんか？」

丹前は、いつもの癖で、テーブルに肘をついた両手を軽く組み、おとがいに当てながら聞いた。

平野が身構えたのに気付いた。

丹前の目が長年の検事時代に染みついたものになっている。

丹前は、意識してそれを緩めた。

「どんなことでもいいんですが」

平野の緊張がほぐれた。

「そこがあんましハッキリしないんですわ。高山も人には知られたくないって感じで」

「オレが刑務所に行っている間にえらい出世やなーとよく言っていたのは覚えていますが……」

「あんまし、参考にならんですよね」と付け加えつつ、更に語った。

「そう言えば、後になってから、高山が『ホントやったら、議員なんかなれる奴と違うねん』と話していたのを聞いた覚えがあるなー」

前の事件のとき、辻本一誠という男は取調べの対象にも入っていなかった。警察も当たっていない。事件の舞台に上がってこなかった人間だ。

高山は辻本市議の何か秘密を握っていた可能性がある。それも重大な何かを。

この辻本市議の存在。これが高山が平野に頼んだ口裏合わせと何かつながっているのではないのか。

丹前の捜査の勘が働き出した。

辻本市議のこれまでの経歴等を調べてみることになった。

谷口事務官は、地検で独自捜査を担当する資料課にいたこともあり、その辺りはお手の物だった。一週間もしないうちに、その大まかなところが判明し、丹前に報告してきた。

谷口は、地検の空き部屋に置かれた電話で丹前に電話した。

だいたい、どこの地検でも空き部屋の一つや二つは備えているものだ。中小地検の陣容では手に負えないような大きな事件が発生し、他庁から検事の応援をもらって体制を組んで大がかりな捜査をしたりするときに使う予備の部屋だ。

辻本は、地元の高校を卒業して不動産会社、建築資材会社等の職を転々としてから、不動産ブローカーのような仕事をする。

そのときに、プラスチック成型の会社経営がうまく行かなくなっていた、田所社長とも付き合いがあったようだ。

田所社長が殺害される事件が起きてから、しばらくして南生駒辺りの山を買い、そこを拠点に廃棄物処理業を始めた。それが当たって、徐々に事業を大きくした。

その仕事を通してつながりを持つグループの後押しを受けて、無所属で市議会議員に立候補し、ぎりぎりで初当選。

この選挙で警察から選挙運動員に対する現金買収の疑いで目をつけられたらしいが、立件を免れたとのこと。

現在、二期目だが、地元での評判はいろんな利権がらみのうわさが多く、芳しくないという。

この電話報告の後、谷口はおもしろい報告をしてきた。

「検事、被害者が殺された事件のとき、第一発見者の経理のおばさんいたでしょう。宮本淑子というんですけど、念のためちょっと当たってみたんですよ」

この宮本については、前の事件のときに、警察が当たっただけで検察庁では聴取していなかった。ほとんどの事件では、第一捜査機関である警察が、関係人の取調べや聴取、裏付け捜査を行って、その結果を供述調書や報告書等の一件記録にまとめて検察庁に送ってくる。

検事が事件処理をする場合、その記録を検討し、検事の方でも直接、取調べ等を必要とするものがあれば、検事自ら取り調べる。宮本の場合、直接聴取の必要までないと判断したのだった。

さすが谷口事務官だ。

お金のトラブルの臭いがするということで、気を回して、当時経理担当をしていた宮本にも当たったのだ。

「おばさんが言うには、殺された被害者には隠し資産があったんじゃないか、というんですよ」

田所社長は、以前から、汗水垂らして稼いだのを税金でガッポリ持って行かれるのはシャクや、と言って、売上の一部をごまかして貯めていた。

社長に言われて、領収書控えを破棄、その分はもちろん帳簿にも載せない。そういうことをしょっちゅうしていたという。

雇われの身、少し給与もはずんでもらっている手前、逆らえず、言うとおりにしていた。

奥さんや娘さんを会社の従業員にしたことにして、給与をそれぞれの口座に振り込む。その口座も社長が管理していたみたいだとも。

平成一四、五年辺りから、プラスチック業界に中国製が入り込んで来て会社の業績が思わしくなくなる。赤字続きになる。しかし、社長はそれまで売り上げをごまかして貯め込んでいた分は、はき出さず、しっかりと握る。これから先どうあがいても価格の安い中国製品には到底、太刀打ちできないと見切ったのだ。

取引先に対する未払代金が膨らみ、ついに不渡りを出して破産手続になってしまった。

そのような目に遭って、こっそりとため込んでいた財産を全部、はき出さざるを得なくなるのでは、と懸念していた。

そういう中で、被害者が殺されるという事件が起きたという。

宮本は、第一発見者となって、警察からその状況を聞かれ、犯人の心当たりなども聞かれた。

しかし、この隠し資産のことは何も話さなかった。

というのも、自分も少なからず手を貸していたこともあり、黙っていたのだ。

そうするうちに、社長殺害の犯人が捕まって事件解決になったが、その後もずっと、隠し資産の行方はどうなったのかな?とは思っていたという。

隠し資産がどのくらいあったのかはっきりはしない。ただ経理をしていた感覚からすると、一千万、二千万レベルではなく、それ以上だったと思うとのこと。

人の名義を借りて預金をしておけば、そう簡単に破産管財人にバレるものではないはずだ。

当時、社長は会社の事務所に出入りしていた辻本さんを連れだって銀行にいくことがちょくちょくあったんで、その辻本さんの名義を借りていたのではないだろうか?という話まで出てきた。

こんな重大な事実が何で今ごろ、出てくるのだ。丹前はそれを知らないまま、社長殺しの事件を処理してしまったことが悔やまれた。

高山が突然、出頭し、その自供どおり、凶器も発見されたということで、安易な捜査で事件の結末をつけてしまったのではないかと。

谷口事務官もひとしきり経理係の宮本からの聴取結果を語ってから、丹前の心中を察して、電話の向こうで押し黙った。

丹前は、捜査の難しさというものを、今更ながら痛感していた。

事件という過去の出来事を、それとはまったく無関係の第三者である捜査官が、現場に残された証拠、周囲からの聞き込み、関係者の取調べなどによって、明らかにしていく。これが捜査というものなのだが、真実にどれだけ迫れるか、神様ならいざ知らず、人間がするものだけに限界がある。ぎりぎりのところまでやって最後には有罪立証の証拠がどれだけそろっているかどうかで見切る。そこには妥協の産物のようなものがあるのだ。

特に関係者の取調べで事実関係を引き出す場合、どこに焦点を当てて聞くのか、これが見当違いだと、真実に迫る材料提供としては何にもならないことになってしまうことだってある。

この宮本の聴取がまさにそうであった。

一〇年前の事件のとき、宮本からの聴取は、第一発見者として発見状況がメインになった。現場に荒らされた形跡もないということで、怨恨の線で、取引先等との間で何かトラブルがなかったかという視点からしか、聴取をしていない。

なぜお金の問題の視点が持てなかったのか、そうでなくとも、もっと別の動機の可能性ということで広い視点で事情聴取ができなかったのか、と悔やんだ。しかし、そう考えるのは後付けだと言えば後付けだが。

『人は自分の見たいものしか見ない、見えない』

丹前は、ある心理学者のことばを思い起こしていた。

検事時代、捜査の戒めにしてきたことばだ。

どんな世界の人であっても、人の判断には自分でも気付かない枠組みがあり、常にその枠組みによるフィルターがかかっている。人ぞれぞれの立場で、自ずとまなざしに期待のバイアスがかかって物を見てしまうというのだ。事件捜査でも、このような習性に陥っていないか、常に自問自答しながら、行うことが必要なのだ。

丹前は、この社長殺し事件を処理した当時にはつかめなかった情報に次々と触れる中で、このことがちゃんとできていただろうかと思わざるをえなかった。

丹前は、谷口の報告を聞き、ここまで来たら、あとは田中三席検事に任せるしかないと思った。

一つは、一〇年前の銀行捜査。

平群市周辺の金融機関における辻本一誠名義の口座をすべて洗い出し、その入出金状況を明らかにすることだ。

田中三席なら、地検の資料課の事務官を使ってスピーディにその捜査を遂げるだろう。

先に谷口事務官を通じて田中三席に事情を話してもらい、その銀行捜査をしてもらうことにした。

「銀行捜査だと対外的になるし、谷口の方で田中三席に頼んでおいてくれ。俺も後で三席には電話を入れておくから」

「了解です」

谷口が気合いのこもった頼もしい声で答えた。

谷口は、丹前との電話を切るなり、事件管理の本来業務そっちのけで田中三席検事の部屋をノックした。

「例の件か？」

田中三席が谷口の顔を見るなり、聞いてきた。

「いえ、そっちの件じゃなく、一〇年前の高山がやった殺人事件の関係です」

田中三席は一〇年前の事件を何で今ごろ？という訝しげな顔で応じた。

「当時、捜査をしていたときには分からなかったのですが、被害者の社長に何千万円という隠し資産があったみたいです。その資産の行方を調べてみたいんです」

谷口が声のトーンを落として続けた。

「それに平群市議の辻本一誠が事件に関わっているかもしれないんです」

三席も辻本市議は選挙の買収で挙げられかかった、不良市議だということは知っている。

田中三席の目が鋭く光る。

「丹前先生は知っているんか？」

既に丹前先生と相談した結果であること、丹前先生もこれは田中三席に動いてもらわざるを得ないなという話で、あとで先生からも三席に電話すると語っていたことを伝えた。

田中は、年度末に向けて、資料課の事務官には未済の直告事件を処理すべく、捜査事項を指示して動いてもらっていたが、谷口が持って来た銀行捜査を最優先とすることにしてすぐに資料課の統括を呼んで指示を出した。


頃合いを見て、丹前は、事務所から奈良地検に電話し、田中三席検事につないでもらった。

「久しぶりだな」

「ご無沙汰しております」

姿勢を正して三席が答える。

丹前は、田中三席とは司法研修所入所の期で言うと、一一期も違う大先輩である。

あいさつもそこそこにして本題に入る。

お互いに谷口から話を聞いていることを簡単に確認し合った。

それから、丹前は、なぜ一〇年前に丹前が処理した殺人事件の見直しをする必要があるかを田中三席に説いた。

「実は、生駒山中で死んだ高山だけど、奴が亡くなる前に俺の事務所に電話があったんだ。去年の一一月末ごろだ」

思いも寄らない話の展開に田中は、電話の向こうで神妙になって耳を傾けた。

丹前はさらに続けた。

「電話で名前までは名乗らんかったが、あれは高山本人に間違いないよ。電話では、今日のところは、とだけ言って電話を切ったんだが、あれは奴が俺と会って何かを話したかったんじゃないかと思うんだ」「それも何か、重大な何かをな」

丹前は、最後に締めくくった。

「俺が処理した前の事件のことで申し訳ないが、ちょっと調べてみてくれんか。俺がそちらの手を借りて捜査するわけにはいかないし、あくまで情報提供ということで」

「はい、承知致しました」

三席はそう答えながら、丹前の「情報提供」ということばに電話の向こうで笑った。

丹前は、辻本市議がらみの銀行捜査を地検に任せ、しばらく様子を見ることにした。

その分、今度は平群署がかかえている生駒山中の無理心中事件の方が気になりだした。

これは古巣の地検や警察を動かせるだけのネタはない。

しかし、どう考えてみても、直前の高山の動きが無理心中に結びつかない。

平成二八年の一月ももう終わろうとしていた。年が明けてからもうひと月が経つのか。丹前は時が経つのが早いことを実感していた。

今日も、事務所に出たものの、仕事はない。

朝からやったことと言えば、弁護士会からファックスされてきた書類に目を通し、その中にあった「一般会員研修開催のご案内」に応募してファックスで返信。あとは、お昼の食事がてら、銀行口座の振替えで弁護士会費、事務所家賃等の支払いをしただけだ。

この振替えで、取りあえずの事務所運営資金として妻からもらったお金も底をつきかけだ。

今日、この支払いをしに出かけたとき、ビル街の谷間を抜ける冷たい風がやけに身にしみた。

丹前は、俺はいったい何をしているんだと自問する。

しかし、その一方で、生駒山中の無理心中事件をこのまま放っておくと、そのことばどおり、無理心中の被疑者死亡で処理されてしまいかねない。真実が暴かれないまま闇に埋もれるのではないか。そうはさせてならない。古巣時代の検事魂が目覚めるのを覚えていた。

明日は、どうせこれと言った仕事の予定もないことだし、事務所を休みにして、高山が変死体となって発見された場所に行ってみようと思い立った。

事務所から見える窓外は、午後の暖かい日差しを受けたビルの外壁ガラスが反射して眩しい。午前中に冷たい風が吹いていたのが嘘のようだ。

谷口に電話して都合を聞いた。

「事情が事情ですし、統括に相談して何とか時間を作ります」

谷口の頼もしい即答だった。

地検の事件管理部門には、全体を統率する統括捜査官がいる。その統括に断って時間を作ることを請け合ってくれたのだ。


翌日正午に近鉄奈良線の生駒駅南口で待ち合わせた。

谷口事務官は車でやって来ていた。地検が事件捜査などのために長期で借りているレンタカーだ。

取りあえず、腹ごしらえに駅前のラーメン屋に入った。

カウンターでラーメンをすすりながら、昔を懐かしんで笑い合った。

よく外に関係者を調べに行ったり、現場を見に行ったりしたとき、このように一緒に食事したことを思い出したのだ。

谷口は、田中三席を通じて手に入れた現場地図をもとに車を走らせた。

国道一六八号線に出て南下し、途中、近鉄生駒線の南生駒駅近くで右折して暗越奈良街道を道なりに進んで、暗峠《くらがりとうげ》へ向かう。

「この道をずっと行くと、生駒山の難所と言われる暗峠という所に行くんですよ。峠の頂上には小さな集落があって、茶店もあるんですがね。これが道が狭くって車で通るには往生するんですわ」

谷口が車を走らせながら、持ち前のうんちくをご披露してこの暗峠の説明をしてくれた。

「この峠の名称は、樹木がうっそうと覆い茂り、昼間でも暗い山越えの道だったことに由来しているとか言われているそうですよ」

そう真面目に語ったと思ったら、今度は笑いながら漫談をつないだ。

「また一説には、上方落語の枕では、あまりに道が険しいので馬の鞍がひっくり返ることから、鞍返り峠と言われるようになったとか、言うんですよ」

これには丹前も笑った。

一キロメートルほど行くと、周りに人家もなく、山道となった。けっこう、上り坂だ。しかし、つづら折りは少ない。

谷口がカーナビを見ながら、「そろそろこの辺りなんですよね」とキョロキョロ周りを見ながら運転する。

「ここだ」

突然、小さく叫んで右に入る小さな道に車を入れ、車を止めた。

「高山が乗って来た車もこの道を入って、二、三〇メートルほど行った先で止めてあったようですね」

「これだと、街道の方からはなかなか目につかんですね」

車を降りながら、谷口が説明した。

丹前は、車で上がってきた街道の方を指して聞いた。

「この坂を上がっていくとどこへ行くの？」

辺りに詳しいと見えて谷口が説明する。

信貴生駒スカイラインの下を通る道で、上れば上るほど道幅が狭くなる。車一台がギリギリ通れるような道で、知っている人ならまず車では通らない。今はハイキングの人が通るくらいじゃないか、という。

丹前は、それを聞きながらふと考えた。というよりひらめきがあった。

検事時代に何度か味わったことのある。捜査のカンだ。

もし高山らが他殺だったとしたら、こんな辺鄙な場所だ、現場に放置された車以外に、もう一台の車が行き来したはずだ。それも暗峠の方からではなく、南生駒の方から。

少し離れた辺りで何やら見て回っていた谷口に声をかけた。

「警察は、こっちに車で来る道中の防犯カメラは調べたんかな」

谷口が聞かれた内容を再確認するようにして駆け寄った。

「防カメですか？」

丹前が防犯カメラの捜査の必要性を思いついたのは、高山、当の本人から奇妙な電話を受けていたが故のカンだった。それがない状態で高山らの変死体を知っただけではそのような発想は到底生まれなかったものだった。

「いやー、署は最初から無理心中とほぼ見ていますからね。そこまではやっていますかね」

丹前は、高山らの変死体発見の日から数えて経過した日にちを指を折って確認した。

「一か月以上、一か月半も経過しているもんなー。もう残っていないかもな」

谷口は「一応、確認してみます」と言うなり、その場で携帯で連絡をとって相手と話をしている。

たぶん、田中三席検事だろう。

「署に確認して連絡していただけるようです」


帰り道、途中で谷口の携帯電話が鳴った。

下り坂、道路脇に車を止めて携帯を開いて電話でやり取りした。

谷口が電話口を押さえながら答えた。

「やっぱり署は防カメの捜査はやっていないようです」

丹前は、「三席か」と確認するなり、谷口と電話を代わった。

「田中検事、丹前です」と言うなり、先を急いで話した。

「もう遅いかもしれないけど、高山らが死んだと思われる日の防犯カメラの捜査を警察に何とかやってもらえないかな」

「そう、国道一六八号線から南生駒で左に曲がって現場方向に行くルートだね」

丹前は、田中三席と防犯カメラの映像の目の付けどころを確認し合う。

高山らの乗ったと思われる車の車種、色、ナンバーは分かっている。

高山らの死体は、死後二日近く経っていた。発見時から二日間まで遡った日の防犯カメラを調べて、まず高山らの車を突き止め、その上でそれに他の車が同道していないか、同道するような動きの車はなかったのか、というのがポイントだった。

警察が本気で動くかどうか。防犯カメラの捜査は、丹前の思いつきによるものであり、説得材料としては弱い。ここは、警察に顔の利く、田中三席の説得に期待するしかなかった。

一〇年前に丹前先生が自ら処理した事件を今になって一から洗い直そうとしている。その事件に何か隠された秘密があるのか。その事件と生駒山中の無理心中事件、いったいどうつながるのか。

田中三席は、受話器を置くなり、これら事件と向き合うが、厚い霧がかかったままで何も見えない。しかし、何かがありそうな予感がした。

さっそく、日ごろ事件の関係でよく出入りする県警本部捜査一課の根岸管理官に電話した。

「平群署管内の無理心中の件ね。そう言えば、一酸化炭素中毒で死んだ奴は、丹前検事が起訴してくれた事件のホシだったよね」

田中は、この件でなぜ元検事の丹前先生が動いているのか、かいつまんで話した。

丹前先生は、検事を辞めた身、表立って捜査はできないが、いろいろと教示はいただいている。その丹前先生がどうも高山が死ぬ前に本人から電話をもらったらしい。その内容からして近々、自死するようなものではなかったと言っている。

根岸管理官も田中の説得に折れた。

ただし、条件付だった。

「ちょっと、防カメのデータが残っているか分かりませんけど、ご指示のエリアで防カメがあるところはすべて当たらせるようにいたします」

丹前は、田中三席からその報告を電話で受けた。

現職時代から、捜査にムダはつきものだと自分に言い聞かせてきた。部下にもそのように指導してきた。先んじてどうせムダだと考えてしまったら、掘り出し物、宝物にはありつけない。そうやって首の皮一枚がつながって、事件が立件できたことが何度あったことか。

丹前はそう思いながら、ひょっとしたら、闇に埋もれかかった何かが明るみになるかもと、密かに期待するものがあった。

田中三席からしばらく連絡がないまま、日にちが過ぎた。

丹前は防犯カメラのデータはもう消去されてしまっていたのかと、半ば諦めの気持ちになっていた。

暖冬というが、ここ数日、冷え込んでいる。こうも暖かい日があったかと思うと、また急に冷え込む日が繰り返すと、体調までがおかしくなってしまう。

丹前は、事務所で一人、どんよりとした雲に覆われた窓外を見ながら立ちすくんでいた。

二、三日前から左腰から左足にかけて筋肉の鈍い痛みに悩まされている。座骨神経痛？　武田鉄矢の出るテレビのコマーシャルで「こんな症状が出たら、お早めにお近くの整形外科へ」というのが出ていたな、と思いながら、左腰というか左臀部の痛みのする箇所をギューと親指で押さえた。

その痛気持ち良さを覚えながら、思案した。

このまま、春になるまで事件の依頼がなければ、事務所経費を削減するため、もっと賃料の安い所に変わることも考えねば。いっそのこと、自宅を事務所にするか。最初から無理せず、そうすれば良かったなどと自問自答する。

ビル一階の郵便物ボックスを開けて、中の郵便物を取り出すときにもうんざりする。近隣の飲食店などのチラシに交じって、リーガルサービスを専門にする会社からの郵便物が今日も入っていた。

「当法人は、弁護士業界の現状を分析しつつ、〝法律事務所で必要とされるもの〟を日々生み出しています」ぜひ活用を！「法律事務所の集客のために」

顧客獲得につながるネット上の宣伝広告のしかたをサポートするといった勧誘の電話も今もってポツポツとある。

こういったサポートに乗ってどれだけの効果があるのか。結局、費用対効果の問題になるのだが、その費用も聞くとバカにならない。月数万円という。こちらがそんなお金を出す余裕がないと言うと、「実は今回、神戸に絞って新規開拓のキャンペーン中でして、月〇万円のところ、丹前先生に限って月五千円にさせていただきます」と。ここまでくれば、サポートの中身も相当怪しくなる。

最近は、こういった勧誘は適当にあしらっているが、最初のころはこれも真剣に考えたものだった。

司法制度改革によって弁護士人口の増加ペースが法的サービスの増加ペースを上回って進行した結果、弁護士一人当たりの事件数は、近年減少傾向にあり、現在ではピーク時の三分の二程度となっている。この先も減少していくことは明らかだ。

こうした環境の変化に対して、従来どおりの紹介を中心とした案件獲得のみでは法律事務所の経営は成り立たなくなると考えられる。

そこで、積極的な顧客獲得、市場拡大に乗り出すことが必要になってくるのだ。

検事時代には考えもしなかったことだった。

丹前は、そんな愚痴めいたことを考えながらも、焦るな、そのうち事件依頼があると自分に言い聞かせる。しかし、これも正直、虚しい声の響きになってしまっている。そうだよな、自らに問いかける。

沈みっぱなしのまま、今日も何もなしか、と心の中で力のない言葉を吐き出して、夕方のニュースでも見ようかとテレビをつけた。

同時に電話のコール。

どうせまた、どこかのセールスだろ、と思って電話をとった。

おっと、田中三席検事からだった。すぐにテレビのスイッチを切った。

「丹前先生、遅くなりまして申し訳ありません」

しかし、その声は踊っている。

「やってみるもんですね。もう防カメのデータは残っていないと思っていたんですが、ありましたよ」

子細を聞くと、高山らの変死体が発見された前日の午後一一時過ぎ、国道一六八号線から左折して暗越奈良街道の方に向かう二台の車が防犯カメラに写っていたという。

先頭が白色セドリックで後続車が濃いシルバー系の軽自動車。

後続車が高山と一緒に死んだ小山麗子の車だと思われる。

二台の車が左折する様子は、交差点左角の南都銀行の防カメがとらえていた。

それにもう一つ発見があった。

白色セドリックを運転していたのは、どうも例の市議ではないかという。

南都銀行から国道一六八号線を二キロほど南下した所で、バイパスと分岐する。そのすぐ手前の道路左側にコンビニがあるが、このコンビニに設置されていた防カメもとらえていた。

セドリックは、国道の道路左側に寄せて尾灯ランプをつけて止まった。軽自動車だけがコンビニ店の前の駐車場に入って止まり、若い男が運転席から下りて買い物をしていた。

その若い男は、明らかに高山と違う男だったという。

軽には、この男しか乗っていなかったようだ。

ここの防カメは写りが良いので、いずれこの男も特定ができるのではないかという。

国道に止まったセドリックは、運転席側がコンビニと反対側で防カメに写っていないが、若い男が買い物をしている間に、一度だけ、運転していた男が車から下りてトランクの方に行き、何か確認しているふうがあった。

その背格好、全体の感じが市議に似ているというのだ。

防犯カメラ、ひと頃はほとんどビデオで収録していた。そのため一週間程度で上書きされてしまう。事件の初動捜査ではその上書きされる前に、早期に押さえるべしとされていた。ところがその後、DVDやハードディスクが普及し出してからは保存期間が格段に延びるようになっている。本件でもそれが幸いした。

「帰りは?」

丹前が聞いた。田中三席が答える。

「当たりです」

それ以上、事件の筋について語る必要がなかった。

丹前は、それをあらかた聞いて、これは一挙に捜査が進むに違いないと思った。そして、もうこれは丹前が出る幕ではないとも。

案の定、田中三席が最後にお礼かたがた、申し訳なさそうに言った。

「丹前先生、この後は、もう我々にお任せいただけませんか。本部の捜査一課も入るようですから」

「それは当たり前だ。前の事件も当然、捜査し直すだろうが、遠慮はせんでいいからな」

丹前は、少し声が大きくなっているのを覚えた。

電話の向こうから「ありがとうございます」と、田中三席の威勢のいい声がした。

「ただ、先生、今後も相談には乗ってくださいよ。お願いします」

「俺にできることがあるんだったら、何でもするよ。どうせ開店休業状態だから」

そう答えて、丹前は笑った。

「前の事件」、それは丹前が処理したプラスチック成型会社の社長殺害事件のことだった。

そのからみで、丹前が見落とした辻本市議名義の銀行口座の捜査も着実に進めているに違いなかった。

高山らの無理心中とされた件に辻本市議らがからんだ殺人の可能性が出てきたときには、当然のことながら、その動機の関係で一〇年前の社長殺害事件の洗い直しがされるはずだ。その際、丹前の事件処理に見誤りの可能性が出てくれれば、遠慮なく問題にし、再捜査すればいいと忠告したのである。

「谷口が前の事件のときに先生の立会だったようですし、今回も一緒に動いてよく事情を知っているようですので、上の方に言って、しばらく谷口を応援にもらうようにします」

谷口事務官をにわかに動き出した高山らの無理心中事件の真相解明と一〇年前の社長殺し事件の洗い直しの捜査に投入するというのは当然のことだった。


その五日後だった。

旧知の間柄の関西新聞の市川記者が丹前に電話してきた。

「少しでも時間をちょうだいできないか」という。

どうせ暇だしと「いつでもいいよ」と答えると、大阪からハイヤーを飛ばしてやって来た。

市川記者は、奈良地検時代によく事件取材で接触してきて、知り合った。当時はまだ記者になりたての新米だった。それが今や、ハイヤーを飛ばして取材に走り回れるベテラン記者になっていた。

丹前が退官して、神戸三宮に法律事務所を開いたとの情報をいち早くキャッチして、開業して間もない九月下旬ごろ、アレンジの花を持参して事務所に駆けつけてくれた。それ以来だ。

事務所に上がった市川は、急な訪問を詫びた。

外はかなり冷え込んでいるというのに、市川は柄シャツにジャケットを羽織っただけの格好だ。いつも走り回っているから寒さ知らずだ。

「お忙しいのに、わざわざ時間をとっていただいて、すみません」

「『お忙しいのに』は外交辞令だろ。ご覧の通り、前来たときと変わり映えしないよ」

丹前が笑って歓待すると、市川も顔がほころんだ。

「これから忙しくなるというのに、ですね」

「そうあって欲しいもんだんね」

たわいもないやり取りの後、市川が座った姿勢を正して尋ねる。

「丹前先生が前、奈良地検にいらしたときに、生駒の会社の社長殺し事件をやられましたよね」

「その事件の犯人だった高山という男がほら、去年出所して間もなくしてから、生駒山で死体となって発見されたじゃないですか」「当然、ご存知ですよね」

市川が丹前の返答を待つが、丹前は黙って次を待った。

「どうも高山らは心中ではなくって、誰かに殺されたんじゃないかって、いうんですが、本当ですか？」

さすがは早い。記者はいったいどこからこういった警察の捜査の動きをかぎつけてくるのだろう。長年、検事をしていても、いつも感心するところだ。

「何で、そんなこと、俺に聞いてくるんだ？　もう検事じゃないぞ」

それを言い終わらないうちに、市川の目が笑った。ちゃんと知っていますよという顔だ。

「奈良辺りに丹前先生が出没しているっていううわさを聞きましたよ」「地検の某事務官とも会っているとか」

市川はわざと「某」付けをした。

「それは俺だって、懐かしい奈良にたまには行くさ」

丹前は一笑に伏した。

「その殺しに、平群のある市議がかかわっているんじゃないか、といううわさですが……」

丹前は、市川記者が相当、食い込んでいると思わざるを得なかった。

もう検事を辞めた身、守秘義務はない。正確には、在職中に知り得た事情については守秘義務が依然として残るが、辞職後に知り得たことについてはない。

しかし、以前処理した事件のからみで行きがかり上、首を突っ込んで、谷口事務官、次いで田中三席検事の力を借りてさぐってきた。

そして、先が見え出したところで、丹前は手を引くことにした。あとは警察と検察庁の捜査の行方を見守るだけだと。ここで、捜査情報を漏らしたりして捜査の妨害につながりかねないことはできない。

「俺は知らんなー。仮に知っていたとしてもだ、古巣のじゃまはできんよ」

市川はウーンと言いながら、右手でおとがいをさする。

「うちもそうですが、各社ともまだ記事化できるだけの確信まではつかんでいないようです」

あっさりと白状した。

差し当たり、記事にはできないとしても取材対象としてマークのランクを上げるかどうか、その情報どりにやって来たと見えた。

親しい間柄の記者、わざわざ神戸までやって来たご褒美にでもと、のどまで出かかったが、丹前はグッと呑み込んだ。

それでも、市川は気前よく、「また寄っていいですか?」と言った後、「今度はこれも」と、手で盃を口に当てるしぐさをした。

「いいね、いい店を探しとくよ」

市川は「お願いします」と言って、急ぎ事務所を後にした。

丹前は、急な来客が去った後、再び静かな事務所に一人になった。

窓外に目をやると、既に夜のとばりが下り、すっかり室内灯がついたビル街になっていた。

事件当夜、現場に向かった二台の車のうち、一台は高山の彼女の軽自動車だ。それが二人の変死体と共に発見現場近くに放置されていた。

しかし、事件当夜、現場に向かって同道した二台の車のいずれにも、高山と彼女が乗っていた姿は確認できていない。

代わりにその軽自動車を若い男が運転していたと思われた。

奈良地検が県警捜査一課と相談して、事件着手するとすれば、まず事件当夜、高山の彼女小山麗子の軽自動車を運転していたと思われるその若い男を割り出し、任意同行して話を聞くに違いない。

その容疑は何か。

市議と思われる男の運転していたセドリックの中か、それも外から完全に見えないようにしようと思えばトランクだろう、その中に高山と彼女の遺体を入れていた可能性がある。遺体であれば、死体遺棄だ。

しかし、生きていた生身の人間だった可能性だってある。ひもで縛り、口をガムテープで封じるなどしていた可能性だって。そうなると逮捕監禁だ。

二人の遺体が発見されて司法解剖は当然しているはずだ。生身の人間の逮捕監禁なら、それぞれの手足、口などに縛られたり、テープを貼られたりした痕跡が残るはずである。生前の傷の痕跡かどうかは、生活反応の有無で判明する。

それが確認できたかどうかもカギになる。それが確認できなかったとして、死体遺棄罪で逮捕令状を取るのは難しいか。

逮捕令状は、裁判官に発付してもらうものだ。逮捕する対象者が高山の死体を車に載せて運搬しているという嫌疑があることを取りあえずの証拠資料で示して裁判官を説得し、対象者を逮捕して捜査を進める許可を出してもらうものだ。

高山とは異なる別の若い男が無理心中の場所で発見された軽自動車を運転していた、というだけでは弱いような気がした。

しかし、任意同行して取り調べることはできるはずだ。突破口はそこに求めるしかないだろう。任意同行をマスコミに嗅ぎつけられて先打ちされたら、元も子もない。ここは相当神経を使うところになるだろう。

丹前は、窓ガラスに映った自分の顔を見ながら、まるで検事だなと、一人笑った。


その二日後だった。

お昼過ぎ、丹前は事務所近くの弁当屋で買ってきた弁当を食べ、テレビを見ながらくつろいでいた。電話が鳴る。

ディスプレイに表示された電話番号を見ると、奈良の市外局番。オッこれは、と小躍りして受話器をとった。

田中三席検事からだった。

「丹前先生、軽自動車を運転していた若い男の割り出しができました。コンビニの店内で買い物をした時に防カメでとらえた男の顔がハッキリしていたのでそれをもとに割り出しました」

「辻本の会社にもよく出入りしていた山口和夫という男です」

「丹前先生のおかげですよ。山口を捜査一課が任同して取り調べたら、最初は何のことかととぼけていたようですが、防カメをぶつけてやったら態度が変わったようです」

丹前が聞き返す。

「やっぱり共犯は例の市議か？」

「お察しのとおりです。これからですので、丹前先生の方でも保秘の方をよろしくお願いいたします。マスコミは市議を逮捕するまでシャットアウトしなければなりませんので」

当然のことだった。おそらく山口の供述をもとに辻本市議を逮捕する決裁を地検内部で行い、それを上位組織の大阪高等検察庁にも報告して強制着手の了解をとることになるだろうから、それまでのタイムラグの間に、その情報が外部に漏れて市議に知れると、逃亡や証拠隠滅をされかねないのだ。

「それは分かっているけど、おとといだわ、俺のところに知り合いの記者が当たりにきたぞ」

「市議の関与の可能性もそれなりに掴んでいるみたいだから要注意だな」

「エー、丹前先生のところへですか？ 連中らも早いなー。警察にはあれほどきつく言っていたのに」

市議がらみだけに、田中三席の方でも保秘は警察との間で相当注意し合ったはずだ。それでもよく漏れる。警察から漏れるのか、検察から漏れるのか。組織の上から漏れるのか、下から漏れるのか。組織と組織、場合によっては組織内で非難合戦のバトルが繰り広げられることもある。

捜査情報の漏れが捜査の進行に支障がなければさほど心配はない。しかし、支障がある場合には、記者に頼み込んで押さえてもらうこともある。連中らもまちがった報道はできない。情報を掴んだ場合には必ずその裏取りをする。そのときが狙い目だ。そのため、日頃から記者とは親交を深めておくことも大事なのだ。

「これから市議にかかるとなると、上の方にもお伺い立てして了解をとる必要があるから大変だろうが、頑張れよ」

そう結んだ。

田中三席は、丹前先生が一〇年前に捜査処理した事件の捜査のやり直しのことにもそれとなく触れた。

「詳しくは申し上げられませんが、殺された社長にはやっぱりかなりの隠し資産がありました。それを巡っての事件だった可能性もありますね」

丹前は、経理の宮本淑子の話でそれなりに覚悟はしていたが、こう田中三席から言われて、やっぱり捜査不十分だったかと、改めてほぞを噛む思いがした。

田中は、取りあえず捜査が大きく一歩前進したものの、これからを考えると身の引き締まる思いがしていた。

市議を逮捕するとなると、マスコミも大きく取り上げるだろうし、何よりも大阪高等検察庁にその事件着手の了解をとらねばならなかったからだ。

了解をとるに当たっては、これまでの捜査に基づく証拠関係をもとにして、たとえ市議が否認したとしても起訴できるか、公判維持が可能かといった観点で協議がなされる。

山口の供述が得られたとしても、それを支える客観証拠が重要になってくる。

山口は自分が高山らの殺人の疑いをかけられないようにするために、高山らは既に死んでいてその死体を棄てるのを手伝っただけだと嘘の供述をしているのではないのか。その可能性を排除できるのか、これが捜査のポイントとなった。

田中は、それを意識して山口の取調べを行った。

山口は死体遺棄を認めてからは冗長だった。しかし、どうしても軽い感じが否めない。前に話したこととその後に話すこととの食い違いなどを指摘されて、訂正することもしばしばだった。

こういうとき、検事はなかなか心証が取りにくいものだ。

しかし、こういう相手でも時間をかけて取調べをし、粘り強く聞き出し、事実関係を確認していく作業をしなければならない。


山口は、辻本市議とは高校の先輩、後輩の間柄だった。先輩後輩といってもかなり年が離れている。辻本が市議の二期目の選挙の時に、選挙事務所の設営などでアルバイトを入れたが、そのうちの一人が山口だった。

同じ高校の出と知り、辻本が声をかけて可愛がるようになった。

以来、定職のなかった山口を何かと重宝した。

山口もその度にアルバイト料をもらえたことから、辻本の小間使いのように動くようになった。

事件のあった晩、山口は大阪難波で彼女と遊んでいた。

午後一〇時前ごろ。突然の辻本から電話。

「ちょっと急いで生駒の駅まで来てくれ」

山口は、難波の居酒屋で彼女と楽しんでいたところだったが、辻本の深刻な感じの電話の声に気圧された。今難波なので少し時間がかかることだけを断って応じた。

近鉄生駒駅前で一一時ごろに落ち合い、辻本の車でその経営する廃棄物処理の会社事務所に行った。事務所は電気が消され、鍵がかけられていた。

辻本に続いて事務所に入った。

真っ暗だった室内が室内灯のスイッチで明るくなる。窓はすべてブラインドが下ろされていた。

向き直った辻本から目を見据えられて切り出された。

「これからのことは、俺と和ちゃんだけの秘密にしてくれ。守ってくれたら悪いようにはしないから」

辻本の目は普通ではなかった。答えは一つしかないように思え、自然に口から出た。

「分かりました」

その秘密にしてほしいと言ったものは室内のソファーの後ろにあった。一人の若い女性が横になって倒れていた。単に横になっていたのではなく、死んでいた。近づいてすぐに分かった。

山口は、少年時代、カツアゲ、万引きといった悪さをしてきた。しかし、成人になってからは警察のやっかいになったことがなかった。床に転がっている死体を見て、さすがに身がすくんだ。口の中がカラカラに乾くのを覚えた。

辻本の頼みは、その死体の処理を手伝ってほしいということだった。

辻本は、こうなったのは仕方がなかったのだと、しきりに強調した。

その仕方がなかったことを一人の男をなじるように語っていた。

その男は辻本の旧い付き合いの男で、長い刑務所暮らしの後、出所したばかりだという。

女はその男の連れだという。

男の方は、女が倒れていた部屋とは別の事務所奥の部屋のソファーに横になっていびきをかきながら寝ていた。睡眠薬で寝ているから、まず朝まで少々のことでは目を覚ますことはないという。見た目も寝ているというよりは、手足がそろわず妙にちぐはぐで、いびきがなかったら死んだものと勘違いされるようなものだった。

ソファーの前のテーブルの上には、缶ビール三本、プルタブが抜かれて置かれていた。飲みかけの缶ビールに睡眠薬をこっそりと入れて眠らせたのだという。つまみにしたと思われる乾きものの袋も無雑作に開けられたままだった。

山口は、辻本がどういうことでこのような展開になったのか分からなかった。

しかし、一人の人間を殺したことは紛れもない事実だった。その秘密を知ってしまった以上、前言を翻すことはできなかった。

辻本からせかされて、急ぎ女の死体を辻本のセドリックのトランクに積み込むのを手伝った。

睡眠薬で完全に寝てしまっている男の方は、同じ車の後部座席に乗せた。二人がかりで両方から腕をかかえるようにして身体を支え、車まで運んで行ったが、全身の力が抜けていて異様に重たかった。

それから、辻本がセドリックを運転し、山口は女が乗ってきた軽自動車を運転した。

辻本は、何かの本で、死後硬直のことを読んだことがあるとかで、なるべく早く女の死体を運んでいかないといけないと焦っていた。

辻本が先導する車の後をついて行った。

辻本の考えは、この男女を車で人目につかない場所に運んで、女の乗ってきた車を使って心中に見せかけて、睡眠薬で寝込んでいる男の方も殺してしまうという偽装工作だった。

辻本はそのためのガムテープとビニールホース、それに軍手を用意していた。なぜか、飲みかけのペットボトルも持参してきていた。

途中、ホースなどを切るのに使うかも知れないということで、コンビニに寄り、山口が店内に入ってカッターナイフを買った。

車で行った先は、生駒山中というだけで、辻本の先導で後から付いて行っただけであったから、道順など詳しくは覚えていなかった。

舗装された道路からでこぼこの道の脇道に入って行き、しばらく行った先の道路脇に車を止めた。

二人とも軍手をして工作にとりかかった。

軽自動車の助手席にすでに死んでいる女を座らせ、運転席の方に睡眠薬で眠らせた男を座らせた。

それから、辻本が「これも置いておかな」と言いつつ、飲みかけのペットボトルを運転席わきに置いた。

エンジンをかけっぱなしの車のマフラーにホースの片方をガムテープで接続し、ホースのもう片方を運転席のドアガラスの隙間に差入れ、ガムテープで隙間をくまなく目張りした。

山口は、辻本に言われるまま、それを手伝った。

辻本と山口、二人で無理心中に見えるように処理した後、辻本の車で来た道を逆にたどるようにして引き上げ、生駒駅まで送ってもらって別れた。

別れるとき、山口は辻本から取りあえずのお礼ということで二つ折りの札束を渡されていた。あとで確認すると、五〇万円だった。

この山口の供述は、山口の彼女の供述、山口の携帯電話の履歴、辻本市議の携帯電話の履歴、それらの位置情報、近鉄生駒駅前の防犯カメラ映像によって裏付けられた。

田中三席は、他に捜査で詰めておくことはないか、考えた。

平群署の方では、高山らの変死体について、被疑者死亡として事件送致まではしていないものの、ほぼ無理心中の線で事件をまとめにかかっていた。つまり、高山が小山麗子を絞め殺し、自分はその後を追って睡眠薬を飲み、排ガス自殺したというものだ。

それが一転して、第三者による殺人事件に急展開することになった。それも市議が関わっている可能性が出て来た事件だ。

そのため、当然のことながら、県警本部捜査一課が入ることになった。

しかしながら、無理心中の偽装工作に使われたビニールホース、ガムテープは、辻本が準備したものであった。それらがどこにあったものなのか、ガムテープの残りはどうしたのか、山口から裏付け捜査の手がかりとなる情報は得られなかった。

警察は、Nシステムによる裏付けで、事件当夜、国道一六八号線を小山麗子の軽自動車と前後して走行していたセドリックのナンバーから、それが辻本の所有する車であったことを確認していた。

しかし、このNシステムによる裏付けは、基本的に捜査遂行の情報としては使用しても、有罪立証の証拠としては使用しない取り扱いにしているため、使えない。

辻本市議の逮捕状を取る、つまり強制着手の決裁には、これまで得られている証拠説明で向かわざるを得ないと思われた。

その際、必ず上から投げかけられる疑問点は、動機だと思った。

もともと無理心中と思われた事件だ。それが一転して辻本による高山とその連れの小山という女性の二人の殺害というのは、いったいどういう動機からなのか、まったくと言っていいほどそれが見えていなかった。

かといって、今のところ、その動機を明らかにする捜査の手立てもなかった。

その最大の謎を抱えたまま、辻本市議に対する強制着手の決裁を受けなければならなかった。

決裁は、辻本市議を小山麗子に対する死体遺棄事件の共犯として逮捕する決裁であった。

死体遺棄は、取りあえずの事件だ。本命は当然、高山とその連れの女性小山に対する殺人。それだけに慎重を要するものだった。

地検内部の次席、検事正の決裁は、これまでの捜査の進ちょく状況に併せて、逐一報告していたので、スムーズに運んだ。

問題は大阪高検だった。

本件のような本部事件を担当する検事に地検内部で使用した決裁資料をファックスで送り、追加の要望で指示された山口和夫の検事調書をファックスで送って見てもらった。

高検の本部担当検事は、打越太郎検事。

大阪地検時代、数々の凶悪事件の主任検事を務め、また特捜部でも活躍し、その名前は知れ渡っていた。

それだけに田中三席は、事件資料を送ったあとも気が気でなかった。その打越検事からようやく電話が入った。相変わらず、落ち着き払った低い声。

打越検事から、いくつかの点を確認された。

その確認事項の中には、田中三席の気になっていた動機の点が含まれていた。

「本件の動機は、何も分からんわね」

山口はともかく、辻本市議の場合は、死体遺棄を認めるということは、高山とその連れの小山に対する殺人を認めることにつながるものだ。それだけに、二人を殺す動機が何なのか、それが最大の疑問なのは当たり前だった。しかし、現段階で未解明なのは先刻承知のことだ。その点は素直に認めざるを得なかった。

その上で、田中は、元検事の丹前弁護士が一〇年前に処理した殺人事件がからんでいる可能性があることを示唆した。その事件の見直しも含めて現在、捜査中であることを。

「そうなると、エライ事件になるね。これは」

打越検事は、そう言って、最後には「どうしたって、これはやらなければならない事件だわな」と了解してくれた。

打越検事において、高検刑事部長、次席、検事長と説明に上がってくれ、その日のうちにゴーサインが出た。

田中は、それを受けて、すぐに県警本部捜査一課管理官に電話して逮捕状請求を了解した。県警では田中が高検の了解をとる方向で動き出した時から、いつでも逮捕状請求に走れるようにスタンバイしていた。

山口については、連日、マスコミに嗅ぎつけられないように、市内のホテルの一室を借りて任意の取調べが行われていた。そのため、翌朝、そこから署の方に車で任意同行しての逮捕状の執行となった。

辻本市議については、それにほぼ合わせて、市議が会社事務所に出て来たところで逮捕状を執行した。併せて、その事務所が事件現場となることから、入念な捜索と検証が実施された。

捜索によって、辻本の使用する机の引き出しの中から、睡眠薬のカプセル錠のシートの一部が発見、押収された。

鑑識による検証は、夜遅くまで行われ、女が倒れていたというソファーの後ろの絨毯の上から毛髪が発見された。

これは後のＤＮＡ鑑定で女のものと一致している。

この辻本市議の死体遺棄事件での逮捕は、マスコミで大きく取り上げられた。

当然のことながら、死体遺棄は入り口で、男女二人に対する殺人事件が本命であると。

しかも、この件は、平群署が男女二名の無理心中事件として処理しようとし、そのようにマスコミにも発表していたものだ。それが一転してこのような展開になり、しかもそれに現職の市議が関わっているということで世間の耳目をひいた。

辻本は、この死体遺棄の件での逮捕で、共犯の山口がすべて供述していることを察知し、死体遺棄の事実を認めた。

それだけではなく、その小山を絞殺するに至ったいきさつ、そして、高山に睡眠薬を飲ませて眠らせ、無理心中を装って排ガス中毒死させたことをすべて認めた。

通常、入り口事件で逮捕し勾留をつけた場合、最初の勾留の一〇日間では捜査が未了だとして更に勾留を一〇日間延長することが多い。

しかし、このように辻本が殺人まで含めて事実を認め、それに山口の方は任意で取調べをしてすべて自供を得ている以上、死体遺棄で勾留を引っ張るべきではない。

田中三席は、次席検事、検事正の了解を得て、死体遺棄事件につき、両名とも処分保留で釈放し、それと同時に殺人で再逮捕して切り替えをした。

処分保留というのは、この段階で起訴か不起訴が結論を出さずに、後に持ち越すことである。この段階で起訴するだけの証拠が集まっていないためにそうすることもあるが、この場合は、証拠上は何ら問題ないが、既に辻本市議も殺人を認めている以上、後で殺人で起訴する時に併せて処理する方が形が整うと思われるからだった。

再逮捕事実は、辻本の方は小山と高山に対する殺人、山口は高山だけに対する殺人だ。

二人とも高山に対する殺人だけで逮捕しても良かったが、辻本の小山殺人と高山殺人は連動しており、高山殺しについて取調べで事情を聞くとなれば、当然のことながら、小山殺しの話も出てきてしまう。そのようなこともあって、一緒に逮捕事実に加えた。

このように殺人に切り替えをしてから事実関係を明らかにする捜査は、当然のことながら、勾留を延長して進めざるを得なかった。

なぜ、辻本が高山殺害を狙ったのか、その動機が問題であり、その点に関する慎重な捜査が要求された。

はたして丹前先生が追っていた一〇年前の殺人事件との関わり合いがあるのか。

この生駒山中の殺人事件は、最初の死体遺棄事件から次の殺人事件へと捜査が進展するなか、逮捕、再逮捕の節目はもちろんのこと、度々、マスコミで取り上げられていた。

丹前は、田中三席からの電話報告を受けたあと、一〇年前の高山の事件の見直しがどうなるのか、気になった。

しかし、一介の弁護士になってしまった立場では、どうしようもなく、警察と地検の捜査による真相の解明に委ねるしかなかった。

その結果、丹前のやった捜査に誤りがあったとなれば、それはそれで受け止めざるを得ないと思った。

丹前は、捜査の進展が気になりながらも、本業に専念せざるを得なかった。

昨年一二月に弁護士会から被告人国選の割り当てが一件あり、その事件の裁判が一月終わりにあった。

車の無免許運転の事件。無免許運転も初犯だと罰金で済むが、五年以内に再犯すると、懲役刑を科す公判請求がされる。懲役も法改正で最高二年まで科すことができる重たい違反だ。

この事件の被告人は、赤信号無視、駐禁違反などの犯則による減点が重なって免許停止となり、その停止期間中に車を運転して検挙された。それで、無免許で罰金三〇万円に処せられ、行政処分で免許取消しとなっていた。

男は、土木作業員だった。解雇を怖れて会社には免許取消しを隠していた。仕事で軽トラを運転していて、検挙されてしまったというわけだ。初めての公判請求であり、結論はよっぽどのことがない限り、執行猶予となる。

男は、会社には無免許であることを話さざるを得なくなった。幸い、社長の恩情で解雇にはならなずに済んだ。しかし、給与は減額された。

こういう事件では、弁護士は弁護と言っても大してすることはないものだ。薄っぺらい検察官の取調べ請求予定の開示記録に目を通し、問題がなければ、証拠調べに同意する。裁判では、簡単な情状証人、被告人質問をして、刑の執行猶予を求める弁論をするだけだ。

これが終わったと思ったら、もう一件、今度は下着ドロボーの窃盗事件の割り当てがあった。

犯人は、内妻との二人暮らしの初老だった。

外で飲んでの帰り、軒先に干してあったパンティを盗んだ。

盗んだところを家人に見つかり、素直に認めたことで、逮捕されず在宅事件で公判請求されたものだった。これも簡単な事件だ。

これで、わずかだが、国選弁護の手当てが入ってくることになった。

弁護士会には、丹前が途中入会者であることや、その経歴や年齢も分かっている。

これは、事務所経営も大変だろうからと、救済的に国選を割り当ててくれているかも。しばらくはそのご厚意に甘えて、食いつなぐしかないとも思った。

こんな努力を少しずつしていけば、私的な依頼事件もあるはず。そのうちそのうちと自分に言い聞かせながら、事務所に通う毎日だった。

今週も仕事らしい仕事は入ってこなかったと思いつつ、週末をいつもと変わらない過ごし方で送っていた。

日曜日の午後四時を回ってからだった。

いつもそばに置いている携帯が鳴った。丹前の法律事務所は事務員を置いていない。そのため、事務所にかかった電話に誰も出ないときは丹前の携帯に転送してもらうようにしていた。

電話に出ると、慌てたような女性の声。

「すみません。日曜日ですが、事務所はやっているのでしょうか」

「やっていないことはないですが、どういう用件でしょうか」

取りあえず、どういうことで電話してきたのか、聞くことにした。

どうも夫が薬局店で水虫の薬を万引きして、警察に逮捕されて連れて行かれたとのこと。店を出たところで、店の係員に呼び止められて発覚したが、夫の方は頑として万引きを認めず、押し問答の末、駆けつけた警察官にその場で逮捕されたというのだ。

簡単にいくつかの点を確認した。

これまで万引きで警察沙汰になったことがあるか。それはないという。

定職に就いているのか。定職があり、月曜日は出勤日という。

うちの事務所をどうやって見つけ、電話したかを聞くと、タウンページの広告だという。

ようやく、営業マンに乗せられて掲載した、タウンページの広告掲載の効果が出たのかと喜ぶ。

そのようなやり取りのあと、相手の女性が言い出しにくそうな口ぶりで弁護してもらうのに最初にお金をいくら払えばいいのか聞いてきた。

長い間、俸給をもらう検事をしてきた丹前は、事件の弁護を受けるに当たって、どのくらいの着手金を、どうやって切り出していいものか、それに一番、気を使うものだと思っていた。

「他の弁護士事務所に電話して頼もうとしたら、最初に五〇万円を着手金として入れてくださいと言われたんです。そんなにかかるもんなんですか。そんなには払えないし」

これで丹前も気持ちが楽になった。

弁護士をやっている以上、自分の労力に応じた報酬をもらうことには何ら抵抗がない。しかし、大した活動もせずに事件が片づくのに、それで多額の報酬をもらうのにはどうしても気が引けると思っていた。

相談の万引き案件なら、本人に事件を認めさせさえすれば、勾留請求させずに釈放させ、あとは被害店舗に商品の買い取りをして弁償すれば、不起訴に持ち込めるという見込みが立った。そのための弁護活動と言ってもさほど手間がかからないだろう。

それからすると、着手金五〇万円はもらいすぎだろうと思った。

「僕はそこまでの着手金は要りません。取りあえず二〇万円でいいですよ」

「えっ、それでやっていただけるんですか」

電話の向こうの女性の声は弾んでいた。すぐに依頼を受けることになった。

月曜日が会社の出勤日だというのなら急がなければならなかった。たとえ万引きでも否認のままだと勾留請求の手続がされる可能性が高く、勾留が付くと、一〇日間の身柄拘束がされてしまう。そうなると、万引きが会社にもバレ、解雇となってしまう可能性だってあるのだ。

丹前は、休日返上でかかることにした。急いで準備して出かけた。

まず、万引きした男が留置されている警察署へ行き、男と接見した。

四〇過ぎの無精ひげがやけに目立つ太めの男で、深刻な状況下にあることなどてんで分かっていないような感じの男だった。

奥さんの依頼でやって来たことを説明し、簡単に万引きの外形事実だけを確認した。

一本一二〇〇円の塗り薬、それを三本、上着のポケットに入れたまま、他の商品はレジで精算し、そのまま店を出ていた。

どういう言い訳をしているのかなど聞く時間がなかったし、その必要もなかった。

このまま、万引きを否認していると、一〇日間の勾留がついてしまって、しばらく出社できないおそれがある、そうなると会社にも知れて解雇される可能性があるよと説明した。

男もそこまでの展開を予想していなかったようで、表情は険しいものになった。

「ごちゃごちゃ、言わんと。素直に認めなさい」

男はこっくりとうなずいた。

すぐに留置係を呼んで、カバンから取り出した白紙一枚を差入れしてもらった。

接見の仕切り板越しに男に指示して、万引きを認める自供書を書かせた。最後に「この件に関して呼出を受けた時には必ず出頭することを誓います」と付け加えさせ、署名指印させた。

誤字脱字が重なり、そのたびにそれを修正させながら書かせた。たどたどしい自供書だった。それを宅下げさせて受け取った。

それに併せて、用意してきた弁護人選任届にも署名指印させてもらった。

署からの帰りしなに、〇〇駅を出たところで、女性と携帯電話で連絡をとって待ち合わせた。

ご主人の身柄引受人になってもらうための身柄引受書にサインしてもらうためだった。

一〇分ほど待たされた。女性はどこにでもいそうな普通の主婦という感じだった。急いで駆けつけた余韻を残したまま、着手金二〇万円を今日のうちに用意できなかったことを詫びた。

「それは後でいいですよ」「それよりか、明日、手続される勾留を止めるのが先です」

そう話して、申し訳なさそうにしている女性に白紙とボールペンを渡した。週刊誌を下敷きにして、「夫〇〇が釈放になった場合には、私が身柄引受人となり、警察や検察庁から呼び出しを受けたときには必ず出頭させることを誓います」という内容の身柄引受書に続柄、住所、氏名を書いてもらい、判子を押してもらった。

これで何とか、明日の検察庁への身柄送致に間に合う準備ができた。

翌朝、事務所に行く前に検察庁に行き、本日送致予定に〇〇署送りの某男の万引きがあることを確認し、その弁護人選任届を提出した。

それから、担当検察官を教えてもらい、その足で検察官の部屋を訪ねた。用意してきた本人の自供書、妻の身柄引受書を提出した。その上で、担当検察官に「被害品の買い取り弁償についても責任を持ってやりますから」と告げた。

男は、検察官による弁解録取でも万引きの事実を認め、それにより勾留請求はなされず、処分保留で釈放となった。

丹前は、その連絡を受けて、女性に電話で報告した。お礼の言葉を繰り返す女性の声を聞きながら、少なからず人助けをした心地よさを感じていた。

「薬局店への被害弁償をしなければなりませんから、その段取りができたらまた連絡させてもらいます」

「分かりました。必ず弁償いたします」

被害店舗は全国チェーン店だった。本社が九州の福岡にあり、電話で担当と願わくば示談ができないか交渉した。社の方針として、万引きの示談はできないとのことであったが、何とか商品を買い取る形で被害弁償には応じてもらえることになった。

すぐに件の女性に電話した。電話には今日一日、体調不良ということにして会社を休んでいた男が出た。被害商品の買い取りをするのに、代金の振込口座を教えた。

「分かりました。明日のうちには必ず、女房に振り込みさせます」

その言葉どおりに、振り込みしてくれていた。

薬局の福岡本社から事務所にファックスで商品買い取りの振込送金があったとの通知が来た。

丹前はそれを追加で検察官に送っておいた。

万引きの男は、初犯ということもあり、これで起訴猶予の不起訴処分となった。

丹前は、その処分通知を受けて、件の女性に電話してその結果を報告し、未だもらっていない着手金の支払を切り出した。

「すみませんが、着手金を約束どおりいただけますか」

本来、堂々と要求できるものなのだが、なぜか気を使いながらの切り出しになる。

「はい、分かりました」

こちらの気づかいもよそにあっさりとした返事だった。

これで、取りあえず二〇万円の報酬がいただけると喜びながら、振込先の口座を口頭で伝えた。

ところがである。丹前が心待ちにしていたその報酬金は一向に振り込まれなかった。女性の携帯電話に電話した。女性は振り込みできていないことを詫びた。

「教えてもらった振込口座を書いたメモがどこかに行ってしまって」「それを探している」

見え透いたウソに聞こえた。

それならと、その住所に振込口座の指定をした請求書を郵便で送った。

それでも進展がなかった。

いい加減、頭に来て、また電話した。電話には出てくれた。電話には出てくれたが、今度は丹前が送った郵便物が届いていないという。

「そんなはずはない」と押し問答の末、「郵便物が新聞の束に紛れてあって、見つからなかった。近日中に必ず振り込みますから」という返事だった。

しかし、その約束も守られなかった。

電話をかけても出ない状態が続いた。

今度は居留守作戦かと思いながら、何度か電話する。

一度、助けてあげた万引きの男が出たことがあった。

着手金二〇万円の約束で弁護活動をしたこと、そしてちゃんと釈放させて不起訴にまでさせたことを説明した。

それにはしおらしく感謝していた。

報酬金の支払いのことについては、妻に言って払わせるようにしますからと約束した。

助けてもらった本人がそういうのだから、今度は間違いないだろうと少し期待した。

しかし、状況は変わらなかった。

法的手段をとることも考えたが、丹前はこういう人を相手にして時間と労力を無駄にすることに虚しさを感じた。この件はいい勉強をさせてもらったと思って諦めることにした。

弁護士の仕事、特に刑事弁護の仕事は水商売だとしみじみ思う。

当事者にとって、解決しなければならない問題がある渦中のときは、藁にもすがる思いで、多少高いと思う着手金でも何とか払って弁護をお願いするものだ。ところが、一旦、事なきを得て済んでしまうと、弁護の有り難みなど忘れてしまい、報酬金も出し渋るものだ。

飲み屋のママがツケにされた飲み代の回収に難儀するのと似ている。

丹前が法律事務所を開設してから、はや半年が過ぎようとしていた。

それまで、検事を辞めて弁護士をしている先輩や同輩に、ご無沙汰を詫びつつ電話して、弁護士稼業で苦労している、どうすれば顧客がつくものなのか、うかがうことはしばしばだった。

皆さん、「最初はそんなもんだよ」、「半年ぐらいはじっと我慢だよね」「半年くらいしたらお客さんが付き出すもんだよ」と言って慰め、激励してくれた。

自分の場合もそう行くだろうか、と不安を抱きつつも、皆さんのアドバイスに従い、とにかくいろんな集まりに顔を出して、あいさつして名刺を配り回った。さながら、新人の地方議会議員みたいだった。

先々どうなるだろうという心配は、不思議と半年ほどで杞憂のものになった。

得意とする刑事事件の依頼が入り始め、それで食いつないでいるうちに、交通事故をはじめ事故関係の依頼も入って来るようになった。

特に交通事故では、保険会社から過失割合でこちらが六で相手が四と言われたが、納得できない、何とかならないだろうかという過失割合の相談が多かった。

人身事故になっておれば、現場の実況見分がされてその見取り図が作成されており、それを検察庁から取り寄せ、それをもとに事故分析をしてみる。これにはやり応え、面白みを感じた。

それによって、依頼者に有利な分析が出て来たときは、ちょっとした歓喜だ。

それで保険会社の担当と渡り合い、時には保険会社の依頼している弁護士とも渡り合う。

丹前がこれは行けると確証めいて動いた案件では、過失割合を大幅に低める結果を得た。


丹前がこのように徐々に弁護士稼業の形ができて来て、忙しく動き回り出した頃だった。

奈良の殺人事件も勾留延長期限の満期になっていた。

満期日の夕方のテレビのニュースで、辻本市議と山口の起訴が放映された。

辻本市議が最初に警察に逮捕されて連行される様子が映し出された。これまで、この事件の関連の放映があるたびに何度も見せられた一コマだ。

辻本市議は、高山とその連れの女性小山に対する殺人、小山に対する死体遺棄で、山口は高山に対する殺人幇助、そして小山に対する死体遺棄の共謀での起訴だった。

この事件処理は、丹前にとってほぼ想定内のことだった。

山口も高山に対する殺人罪の共謀が考えられなくはなかった。しかし、高山を殺害する計画で睡眠薬を飲ませて眠り込ませたのは辻本だ。殺害を主導したのは辻本で、山口はあとで辻本から呼ばれて高山を無理心中に見せかけてガス中毒死させるのを手伝ったにすぎない。山口は幇助止まりというのが落ち着きのいい事件処理だろう。

それよりも、前に丹前が処理した社長殺し事件の見直しはあったのか、丹前にとってはその方が気がかりだった。

翌朝、丹前はいつものように自宅のある明石から遅めの電車に乗って事務所のある三宮に向かう車中で新聞を広げた。

朝、自宅でも一通り新聞には目を通していたが、再度、じっくりと読んだ。特に奈良の殺人事件の記事を。

殺人の正確な動機については、今後裁判で明らかにされるだろうが、現時点でマスコミがつかんでいる動機は、辻本市議が高山に金をゆすられていて、数百万円は渡したが、更に金額を上げてゆすってきたため、仕方なく殺すことになったというものだった。

辻本はなぜその高山から金をゆすられる羽目になったのか、それが問題なのだが、それが一〇年前の殺人事件とつながっているのかどうか、気になった。

丹前は、いつものように、誰もいない事務所に入って、室内暖房をつけた。

三月に入っていたが、まだ冷え込む日が続いていた。

ポットで湯を沸かし、一日二杯までと決めているコーヒーの二杯目の香りを楽しんでいた。

いつからだろう、簡易のドリップ式のコーヒーを飲み出したのは。実にコーヒーショップ並の本格コーヒーが気軽に楽しめるようになった。以来、インスタントコーヒーを飲まなくなった。そう言えばと、ずっと昔はテレビでもネスカフェ、ＡＧＦとインスタントコーヒーのコマーシャルが多かったのに、最近ではほとんどそれがなくなったことに思い至る。

今日辺り、奈良から電話があるような気がして、それを待つ。

田中三席も忙しいのだろうと、期待された電話がないことに納得して仕事に精を出そうと気持ちを切り替えようとしたときだった。

奈良の市外局番。

必要もないのに「丹前法律事務所です」とまず。それが終わる間なしに、田中三席の声がした。

「奈良地検の田中と言います。丹前先生、お願い致します」

丹前事務所の事務員が電話を受けたと思っての律儀な対応だった。

丹前が笑って応じる。

田中三席も合わせたが、それも最初だけだった。

田中が丹前に保秘をお願いしつつ、一〇年前の殺人事件にからんだ今回の殺人事件の捜査結果を語った。


辻本らによる今回の高山らの殺人事件の動機は、概ね新聞でも書かれているようなことしか解明できなかったということだった。

丹前らが見つけ出したように、一〇年前に高山に殺された田所社長には、銀行の借名口座に多額の預金があった。預金額は四千万円ほどにも上っていた。この借名口座が辻本名義だった。

田所社長は、プラスチック成型の仕事が安い中国製品が出回るようになり、これでは先行きが知れているということで、何年か先の会社倒産に備えて、辻本に頼んでその名義の口座を開設してもらい、そこに売上除外した金をプールさせていたという。

その口座の通帳と届出印鑑は、常に田所社長が預かって保管し、入金の都度、辻本に社長が同行して手続をさせていた。

その預金額がどのくらいになっていたかは、辻本も入金の都度、見ていたので当然、知っていた。それが相当な額になったとき、会社も倒産する動きになったと思ったら、その田所社長が殺される事件が発生した。

この事件が発生した夜、辻本は、たまたま田所の会社の事務所を訪ねようとしていたらしい。辻本の供述では、借名口座作りでの協力金ということで、前に一〇〇万円もらっていたが、もう少しお金をくれないだろうかと無心に行くつもりだったという。

そうしたところ、事務所から飛び出して来た高山が事務所裏の駐車場に回って立ち去っていくのが見えた。

事務所内で田所が殺されたことを知ったのは、その入れ替わりに辻本が事務所に入って行ってからだった。

辻本は、警察への通報をためらった。預金通帳のことが頭によぎったからという。これで何千万円の預金を一人占めできると。幸い高山には見られていないという安心感があった。誰も知られないうちにと思い立った。

事務所で田所がいつも持ち歩いていた茶色のバッグを必死になって探した。その中に隠し金の通帳が入っているはずだ。そのバッグは社長机の左脇に落ちていた。

中を確認して、その通帳と印鑑を見つけた。

辻本にとってそれだけで十分だった。

通帳と印鑑をポケットに隠してすぐにそこから立ち去った。辻本名義の口座にプールされている四千万円の預金の存在は、田所と辻本だけしか知らないことだった。その田所が死んだことで辻本が独り占めした。

辻本は、この通帳などを持ち去ったことは、誰にも見られていないと思った。

ところが、高山がそれを見ていたというのだ。

高山は、事務所裏の駐車場に回って逃げるとき、人の気配を感じて心配になった。幸い回りに人家がほとんどないこともあってそれを確かめに舞い戻った。

そのとき、窓越しのわずかな隙間から、辻本の事務所内での行動の一部始終を目撃した。

このことは、後で刑務所での務めを果たして出所して来た高山からの電話で知ったという。

高山は、田所の殺害事件で警察に捕まって裁判にかけられ、懲役一〇年の判決を受ける身になったが、この辻本の盗みの目撃を自分だけの秘密にしていた。

その後、人づてに辻本が廃棄物処理業の山林を手に入れ、瞬く間にその事業を大きくし、ついには平群市議会議員にまでなったことを聞いた。

高山は、出所後、この辻本にしきりに接触を図った。

辻本の秘密を握っていた高山は、それをネタに辻本を強請《ゆすり》始めた。

市議までの地位を得ていた辻本にとって、高山のこの強請は脅威だった。

その口封じに、一〇〇万、二〇〇万とお金を渡した。

ところが、高山は調子に乗って、更に多額のお金を要求してくる。

このままでは、際限なくお金をむしり取られると思った辻本は、高山を事故に見せかけて殺害しようと企んだ。

高山の要求するお金を出す用意があるふりをして、夜、事務所に高山を呼び出し、一緒にビールを飲みながら、話をした。

高山に気付かれないように、飲みかけのビールに睡眠薬を入れた。

効果はてきめんだった。高山はソファーに座ったまま眠り込んだ。

辻本は、この高山を車に乗せ、高速を使って大阪の南港まで運び、そこで車ごと岸壁から海に落として沈めてしまう計画だった。

ところが、事務所でもたついている間に、高山の彼女、小山麗子から高山の携帯にメールがあった。この時は、高山は高いびきでソファーに横たわっていた。代わりに辻本がそのメールを確認した。車で迎えに行くとのメールだった。辻本にとってこのメールは想定外だった。

これを見て辻本は頭が混乱した。

(高山は、俺の会社の事務所を訪ねることを彼女にあらかじめ話してあったのかもしれない。ひょっとして彼女は、もうこちらに車で向かっているかもしれない)

混乱したままの辻本は、「了解」と一言、返事のメールを返した。

これで、辻本は当初の計画を変更せざるを得なくなってしまったというのだ。

田中三席の事件処理の説明を聞き終えたあと、丹前がこぼした。

「そうすると、前に俺が処理した事件は、そのままなのか」

一〇年前の殺人事件の背景として、殺された田所社長と辻本とが協力し合った四千万円もの隠し資産があったことが明るみになっていた。

丹前は、自分がこの殺人事件を担当したときには、この点の捜査がまったくできていなかった。これが判明したことで、これがらみに辻本が田所を殺害するという線の捜査が一挙に展開するに違いないと思っていた。

丹前にとっては、自らの捜査の手落ちを痛感し、ほぞを噛む思いの一方で、田中三席の方で事件の真相を暴き出してくれることを期待する思いもあった。

ところが、田中三席の事件処理の説明からは、一〇年前の殺人事件の見直しはない、できないという結論だった。

「別に丹前先輩が処理した事件だからと言って、我々がそれに遠慮して捜査したというものでも決してありません。先輩からもそのお言葉をいただいていましたし、我々としては遠慮なく、事件を見直す捜査もいたしました。ですが、唯一の証人である高山が殺されて死人に口なしの状態になった以上、辻本の供述を崩す手立ては残念ながらありません」

田中三席の言うのももっともなことだった。

丹前は、申し訳なさそうに話す田中三席にねぎらいの言葉をかけた。

「三席、お疲れさん。俺の事件で苦労かけたな」

即座に田中三席が言葉を返す。

「いや、それよりか、こちらこそ丹前先輩に感謝ですよ。先輩のアドバイスがなかったら、平群署の事件は無理心中で終わるところでしたよ。誰も被疑者死亡で処理することに疑問を感じていなかったですからね」

丹前が気分よくして電話を切ろうとしたとき、田中が追って一言。

「丹前先生、次席、検事正がよろしくとおっしゃっていましたよ。今度、先生が奈良に来られるときには、是非、ご一緒に食事でもとおっしゃっていました」

丹前は少しは古巣に貢献できたかと思って、さらに気分を良くした。


そろそろ接触があるはずだが、と思っていたところに、案の定、市川記者が電話して来た。例の平群市議が起訴された殺人事件で丹前に聞きたいことが山ほどあるはずだった。

「先生、ご無沙汰しております。今夜あたり、宿題になっていたお食事でもご一緒できないかと思いまして」

丹前はちょうど夜空いていたこともあり、「ふっふ」と笑って即座に応じた。

店は、丹前の事務所開所祝いを知人にしてもらって以来、ときどき使っている割烹料理の店「甑州《そしゅう》」にした。

JR元町駅の改札口で待ち合わせし、今日は珍しくネクタイを締めた市川を案内した。

掘り炬燵式のテーブル席で向かい会って座るなり、市川が釘を刺した。

「先生、今日の飲み代は授業料ということでこちらに持たせてください」

検事時代の丹前は、マスコミのメンバーと飲んだりするとき、公的な立場にあるため必ず割り勘にしていた。

一介の弁護士になった以上は、その点で気を使う必要はまったくなくなった。丹前はその申し出に笑って答えた。

「えらい、気前がいいな」

ハッハッと市川が笑う。

「検事を辞めたからと言って、答えられないこともあるからな」

「それは、もちろんです」

丹前は、市川記者が何を狙っているのかを察している。

平群署の事件については、既に奈良地検から起訴の段階で記者発表がされたはずだ。しかし、それは被告人が起訴事実を認めているかどうか、事件の動機など簡単な内容だ。

市川は、この平群署の事件と丹前が一〇年前に処理した殺人事件と何らかの繋がりがあるのではないかと探っていたはずだ。

それ自体は、的を射たものだった。丹前もさすがだと思ったものだ。

ところが、事件は、単純に高山とその連れの女性に対する殺人事件として処理され、それ以上の発展はない。捜査は終結の運びだという。

その殺人事件の動機についても、金銭関係のもつれとしか発表されなかった。

どうしても腑に落ちないものがあった。

市川は、それを知る手がかりがほしかったのだ。

丹前は、既に検事を辞めた身だ。しかし、検事時代に知り得た職務上の秘密については退職後も守秘義務がある。

検事を辞めてから新たに知り得たことについては、その義務から一応解放される。

しかし、今回の件は新たに知り得たこととは言え、検事時代に処理した事件がらみということで、特に奈良地検の許しを得て、捜査にも事実上、関与することになった。それで知り得たこともあった。フリーになったとは言え、関与したことで知り得たことを気軽にしゃべることはできるものではない。

飲む前にそこだけは市川にも断っておいたのだ。

「先生、ここのお薦めは？　どんどん注文しちゃいましょうよ」

「その手に乗るか」

丹前は笑いながら、取りあえず生ビールと刺身の盛り合わせを注文し、この店で特に気に入っているママさん手作りの餃子を追加した。

ビールを飲み干したあと、この店の亭主が芋焼酎を割って作り置きした「割り下」を頼んだ。これは焼酎好きにはたまらない。黒いおじょかに入れて出され、とてもまろやかな舌触りで旨い。

丹前は、この甑州では必ずこの焼酎を飲む。

市川は酒が進むうち、丹前に次々と質問を投げかけてきた。

平群署管内で発生した二人の変死体、これは当初、警察も無理心中の線で捜査していた。当然マスコミもそれに追随して記事にした。

ところが、それが一転して二人の殺人事件として捜査が急展開。

そのきっかけとなるできごとが丹前への死んだ高山からの一本の電話だった。

そこのことを初めて知らされ、市川は刺身をつまむ箸を止めて、「ひぇー」とびっくり声を上げた。

さすがの市川もそこまで情報としてつかんでいなかったのだ。

そして、今回の殺人事件を解決する上で丹前が裏で貢献したことを知り、さすが丹前先生だという顔をした。

「そうなんですか。道理で丹前先生が奈良にちょくちょく顔を出していたわけだ」

地検は、辻本が高山らを殺した動機について、金銭トラブルとしか発表していなかったが、市川は、取材を通じて、そのトラブルが高山が一〇年前に起こした社長殺し事件とつながっていることをつかんでいた。

社長が辻本の名義で多額の預金をしていて、それが社長の隠し資産であったこと、高山が社長を殺害したことで、その隠し資産を辻本が独り占めしたことだ。

市川は、社長殺しが高山の単独犯となっているが、ひょっとすると、高山と辻本が共謀して殺害したのではないのか、あるいは、社長殺しの犯人は、高山ではなく辻本で、高山は辻本の身代わりではないのか、突っ込んで聞いてきた。

社会部の記者として、事件の読みが深くなったと見える疑問の持ち方だった。

丹前は、一〇年経つ間にここまで読みが深くなるまで成長したのかと舌を巻いた。奈良時代、丹前につきまとっていた頃は、事件捜査のいろはを教えてやったものだ。その度に小さなメモ帳に必死にメモしていたもんだ。その様子が目に浮かんで懐かしんだ。

丹前も一〇年前の殺人事件の捜査で、この裏金の存在の捜査ができていなかったことを知ったとき、真っ先に頭に浮かんだのはまさに市川が疑問を抱いた点だった。

高山が友人の平野との飲み会の時間をずらす工作をしていたこととつながってくるのだ。それに、高山が殺される前、丹前にわざわざ電話をかけてきたことが、何か重大な秘密の存在をにおわせる。

一〇年前の殺人事件の見直しはないとの田中三席の回答に釈然としない思いを引きずっていた。

そうした思いの一方で、丹前は、一〇年前の捜査のとき、多額の裏金の存在が分かっていたら、高山が供述していた覚せい剤取引がらみのトラブルという動機の話にも易々とは納得せず、疑いを強くして、高山の取調べで違った追及ができたのではないかと悔やんだ。その追及によって、ひょっとしたら、高山から田所社長殺しの真相が引き出せたかもしれなかったと。

もし、それで「殺したのは辻本で、自分はその身代わりを頼まれて引き受けただけだ」ということになれば、辻本が田所社長の殺人、若しくは裏金を独り占めする目的の強盗殺人の犯人ということになり、それですべてが終わっていたかも知れない。一〇年後に高山とその連れの小山が辻本によって殺されることもなかったのではないかと。

丹前は、しみじみと自己反省を込めて語った。

時折、「割り下」を口に運びつつだったが、市川の方は終始、ビールのジョッキを手にすることもなく、丹前の話にじっと聞き入っていた。

丹前の語りが一息ついたところで、すかさず市川が言った。

「しかし、しかしですよ。僕から言わせれば、高山は自業自得というもんですよ」

「それに、高山は辻本を手伝って一緒になって田所社長を殺したという可能性だってありますからね」

市川からそれを指摘されるまでもなく、丹前も分かっていることだった。

そうはいうものの、市川からこのような言葉をかけられて、いくらか溜飲が下がる思いがしなくもなかった。

市川は、目の前のビールジョッキの残りを一気に飲み干した。

いつの間にか、丹前の「割り下」のおちょこも空になっていた。それに気付いた市川が店の女将さんに「割り下」のお代わりを注文した。

市川もビールを止めにして「割り下」を一緒に飲んだ。

さらに二人の話は弾んだ。

「いずれにしろ、辻本が社長殺しに関わっておれば、それによって隠し資産の預金通帳と印鑑を取得したことになり、これは強盗殺人の線も十分あるわな」

「そうなると、死刑ですか」

「当然そうなるね」

また、市川が目を丸くして「ひぇー」という奇声を上げた。

しかし、そこまでの捜査ができなかった理由は、はっきりしている。

それを証言してくれる肝心の高山がこの世にいないからだ。その証言に代わり得る何か証しになるものも見つかっていない。

田中三席も高山が平野との飲み会の時間をわざわざずらす工作をしていたことなどは十分頭に入れて検討したはずだ。しかし、これだけでは状況証拠としては弱い。否認されて事件が持つわけはない。

その点で辻本は命拾いしたことになる。

「しかし、丹前先生。辻本が社長の隠し資産を独り占めした点は罪に問えるんじゃないですか」

市川が死人に口なしで辻本が罪逃れをしていることに納得がいかず、質問する。

「窃盗罪、あるいは詐欺罪が考えられるけど、残念ながら時効だわな」

今回辻本が捕まって、自供したような筋書きであったとしても、高山が社長を殺した直後の現場で、これ幸いに辻本が社長の持ち物のカバンから隠し資産の通帳等を取って持ち去った点で、窃盗罪の成立が考えられなくはない。

それに、その盗んだ通帳と印鑑を使って、銀行から四千万円もの預金を引き出した点は、銀行側を騙した詐欺罪の成立の可能性がある。本来、その預金は辻本のものではなく、社長のものだ。そうすると辻本にはそれを引き下ろす権限はないことになるからだ。

しかし、残念ながら、いずれも公訴時効が七年であり、とっくに時効期間が過ぎている。


「辻本の求刑はどうなるんですかね」

辻本に対する強盗殺人の疑いが十分ありながら、死人に口なしでこれ以上の捜査を断念せざるを得ないことに、まだ納得が行かない市川が尋ねた。

二人の殺害で死刑求刑があるのかどうかだった。

「死刑求刑はないと思うな。二人殺しの併合罪で、懲役三〇年というところかな」

辻本の供述からすると、辻本は高山から強請りを受けていて、それから逃れるためにその殺害を企てた。ところが、想定外のことが起きて、その高山だけでなく、連れの女性まで殺すことになった。これら経緯等から考えると、死刑相当事件の基準には当てはまらないと思われた。

そろそろお開きどきと察した市川が締めくくった。

「丹前先生のお薦めの割り下の焼酎、けっこう旨いですね」

久しぶりの市川との飲み会で、丹前も酒が進んだ。ほろ酔い気分になっていた。
お勘定の運びになったところで、市川がすばやく丹前を制した。
「今日の授業料を考えれば、安いもんですよ」
丹前は、市川のご相伴にあずかることにした。
待機させていたハイヤーに乗り込む市川を、丹前は見送り、手を振った。
丹前は思った。「こいつ、いい記者になったな」

詐病

ーさかな

今日が当番の掃除を終え一段落したホステスのあけみは、カウンター席に身を預けてタバコに火をつけ一服した。

ふかしたタバコの煙がライト下に白く揺らいでいる。

有線ミュージックでテレサ・テンの「つぐない」の歌が流れていた。

お客が入るにはまだ早い時間だった。

有線の調べを遮ってあけみが問いかける。

「今ごろ、まさみちゃん、どうしているんかね」

カウンターの奥でお客に出すお通しの準備をしながらせっせと洗い物をしていたホステスのひろみが応じた。

「ディズニーランドの近くのホテルに泊まるって言っていたわよ。きっと今ごろは彼と仲良く食事でもしているんじゃない」「夜もいろんなアトラクションがあって楽しいらしいからね」

「うらやましいな。私も一度でいいから、行ってみたい」

「うちも」

そのやり取りを遮るように、「カチャ」という音がして店の入口のドアが開いた。

二人とも、珍しくこんな早い時間にお客さんだわと、反応する。「いらっしゃい」と声をかけながら入口に目を向けた。

入ってきた男にあけみとひろみの視線が釘付けになった。二人とも次のことばが出なかった。

男は、ホステスのまさみと連れ立って、東京ディズニーランドに行っているはずの山田だった。

山田は、二人の驚きの視線の中、能面顔のまま、無言で店の奥のボックス席まで足を運んで座った。

その席は、山田のいつもの固定席だった。

あけみがすぐに後を追った。恐る恐る尋ねた。

「山田さん、まさみちゃんは?」

山田は、それには答えず、下を向いたままぼそっと言った。

「ビールくれないかな」

あけみが山田のグラスにビールをつぐ間も、山田は無表情でグラスの泡をじっと見つめるだけだった。

つぎ終わったグラスを取ってビールを一気に飲み干した。

依然、無表情でテーブルの一点を見つめている。

「まさみちゃんと一緒じゃないの?」

「まさみちゃんはどうしたの?」

立て続けに問い詰めるあけみ。

ようやく山田が口を開いた。そして続けた。

「まさみは俺が殺した」

「まさみは人間じゃない、化け物だ」

「さかなだ。人間の姿をしたさかなだ」

「さかなだから、包丁で何遍刺しても血がでなかった」

この日の夜、マリンブルーの店は営業にならなかった。

ホステスたちは、半信半疑でゆりママに連絡をとり、ママに駆けつけてもらった。ママが山田にまさみの遺体の在処を聞くと、まさみの家に殺したままにしてあるとのこと。その遺体は、ゆりママが夫を連れて、一人暮らしのまさみの家で確認した。すでに殺害から五日が経っていた。

季節も本格的な夏に向かっていた時期。その遺体はすでに目、鼻、口が異様に膨らみ、眼球が飛び出しそうになって巨人様化し、腐乱が始まっていた。

この不可解な殺人事件は、本土から遠く離れた島の中心街で起きた。島の中心街と言っても本土からすれば小さな港町だ。

犯人の名前は山田照夫（仮名）。年齢四四歳。バス運転手として働いていた。

被害者は、街のスナック「マリンブルー」で働くホステス。その一人暮らしの自宅が現場だった。ホステスと言っても、いわゆるおかま。年齢三四歳。山村雅巳（仮名）と言い、スナックでも女装をして「まさみ」を名乗っていた。

検事になって六年目の丹前健は、この島を管内にする魚崎地検に在籍していた。着任早々、管内視察でこの島にも訪れていた。

都会の喧噪とは別世界、静かでのんびりしたその時間、空間は身も心もトロトロにしてくれそうだった。およそ凶悪事件などとは無縁な平和な島という気がした。

島ではめったにない凶悪、殺人事件が起きたのだ。

島にも地検の支部がある。だが、副検事一名を筆頭に事務官六名体勢の小さな支部。この殺人事件は本庁の丹前の担当となった。

警察から身柄送致されてきた山田は、上背は低めでずんぐりした体格であった。島の男にしては珍しく色白で、それがかえって無精ひげを引き立たせていた。口数は少なかった。

山田がまさみを殺した動機の供述は不可解だった。

「どうして山村雅巳さんを殺したんですか」

丹前のその問いかけに山田が俯きながらボソボソと答えた。

「僕は太陽の神様を信仰しているんです。僕はその神の子なんです。まさみも同じようなことを言ったから、どっちがその神に近いかということで言い争いになったんです」

「この地上に二人も神の子はいらない。だから、まさみを殺しました」

そう語った後、山田は顔をゆっくり上げた。うつろな目を宙に泳がせた。

そしてまた、ぽつりと語った。

「まさみはさかなだったんです」

しばらく間を置いて、また語る。

「いくら包丁で刺しても血が出なかった」

逮捕された被疑者は、四八時間以内に警察での取調べ等の捜査をしてから、検察庁に身柄と共に事件は送致される。検察官は事件を受理してから二四時間以内に被疑者の弁解録取をして一〇日間の勾留請求の手続をとる。

弁解録取は、被疑者に対し、その被疑事実を読み上げ、何か弁解することがあるかどうかを確認するものだ。

山田は、この手続をしばしばストップさせた。

途中で、突然発作が起きて、白目をむきながら、身体を震わせ、その胸を手でかきむしった。

丹前は、その様子をうかがいつつ声をかけた。

「山田、どうした。大丈夫か」

身柄を拘束された被疑者には、必ず押送の警察官が一名付いている。検察官の取調べの時には、被疑者の手錠を外した後、少し離れた背後の椅子に座って被疑者を監視している。

その押送の警察官も異変を察し腰を浮かして丹前を見た。

検察官の取調室では、押送の警察官は検察官の指示で動く。

丹前は目で制した。山田の様子を見るようにと。

山田の顔色はいたって普通で、さほど重篤な様子でなかったからだ。

山田の発作はしばらくして治まるが、しばらくしてまた起きる。その繰り返しだった。

丹前は思った。

山田は、精神障害による心神喪失で刑事責任は問えないのではないかと。

そう思う一方、丹前は、自らに問いかけ、気を引き締めた。

山田の殺害の動機が本人の語るとおりだと見てよいのか、精神障害は詐病ということはないのか、重大事件だけに慎重に捜査しなければならないと。

山田が事件を起こす前後にもできるだけ焦点を当てて捜査することにした。

山田は、平成元年夏に東京から夫婦共々、郷里の島に移り住んだ。東京在住だった改元の年の一月、山田は皇居坂下門で「新天皇に会わせろ」と叫んで、通行中の若い女性を人質にして刃物を持って暴れ、警察に逮捕されていた。

この件は、精神障害の疑いで不起訴になり、*精神病院に三か月ほど入院していた。入院病名は*精神分裂病だった。

山田には過去、これ以外には警察沙汰になった件はなかった。

山田は、島で生活する中で、奇妙な一面をしばしば周りに見せていた。「猫は神様だ」「猫は神様だから壁をすり抜ける」などと奇異なことを口走ったり、ほとんど不眠状態が続いたりした。そのため、親族が精神病院に連れて行って受診させた。うつ病と診断され、向精神薬を処方され、通院治療を受けていた。

しかし、バス運転手としての仕事ぶりはいたってまじめで特に問題はなかった。性格も大人しく、トラブルらしいトラブルを起こしたこともなかった。無口で黙々と仕事をこなすタイプだった。

スナック「マリンブルー」、ここが短期間だが、山田と被害者のまさみを繋ぐ接点だ。そこでの聞き込みは重点的に行われた。

山田がマリンブルーに客としてやってくるようになったのは、事件の三週間ほど前。

このとき、応対したのがまさみだった。

まさみは、背は高めだが、華奢な体つきだった。ホステスの仕事の時にはいつも和服姿だった。どこで覚えたのか、和服を一人で上手に着こなしていた。

山田がまさみを指名したわけではなかったが、他のホステスがみんな他の客を相手していて、まさみだけがカウンター席にいた。

そこに山田が来店したこともあり、まさみが山田を空いているボックス席に案内して、そのまま応対することになった。

背が高くスラッとした和服姿のまさみ、それと対象的に山田はチビの小太りで野暮ったい服装。面白い取り合わせだった。

しかし、それはよその目であって、当人同士は初顔合わせでとても気が合った。

無口な山田がまさみとおしゃべりし、デュエットで「銀座の恋の物語」を歌ったりして楽しんでいた。

山田はその後、二回目こそ三日ほど空いたが、それ以降、ほぼ毎日のようにマリンブルーに通った。

その都度、まさみが応対した。

そこに他のホステスが入る余地はまったくなかった。

マリンブルーのママ、他のホステスがそのことをわきまえていた。

山田はとても満足だった。


小さな飲み屋街で夜遅くまで店を開けている中華そばのおかみさんからも聴取ができた。

まさみは、スナックでの仕事が終わると、帰りに決まってこの店で食事をしていた。

おかみさんは、ここのところ、まさみがとても輝いていることに気付いていた。

「まさみちゃん、何かいいことあったの」

「お母さんには内緒」

恥ずかしそうに答えた。まさみのはにかみ、含み笑いが続く。

冷やかしながら問い詰めるおかみさんに打ち明けた。

「私ね、好きな人ができたの」

そう打ち明けるまさみは、乙女のようにはにかんで小さく俯いた。

「今度ね、その人が東京のディズニーランドに連れて行ってくれるって、言っているのよ」

まさみが三〇過ぎのおかまであることは小さな港町では誰もが知っていることだった。

おかみさんは、おかまはおかまでもまさみは他人思いで、心のとてもキレイな子であるのを知っていた。それだけに一緒になって喜んだという。

と同時に、おかまを相手にそこまでしてくれる奇特な男もいるものだと感心もしていた。


山田が何回かマリンブルーに通い詰めた日の夜のことだった。

店で山田の接客をしていたまさみが、ゆりママが手の空いたのを見計らって声をかけた。

二人の陣取るボックス席に来てもらった。

「ママ、まさみちゃんに一週間、休みを取らしてやってくれないだろうか」

何の前触れもない、急な山田の申し出だった。

ゆりママがそのわけを聞く前に山田が話した。

「来週、ちょうど大阪にちょっと行く用事があってね。ついでにまさみちゃんを東京のディズニーランドに連れて行ってあげようと思って」

その話も終わるか終わらないかのうちに、山田に寄り添っていたまさみがママの許しを請うた。

「ね、ママいいでしょ。お願い」

まさみは、手を合わせて拝んだ。

マリンブルーには、まさみ以外にホステスが三名いた。

店の経営上は、この三名で十分だった。

まさみは、接客よりおしぼりや飲み物、おつまみを運んだりするのを手伝ってもらうのに雇っているものだった。当然、ホステスとしての給与も他のホステスより安かった。

まさみの不遇な生い立ちを知っているママが、せめて一人分の食い扶持だけでも得させてあげようと、雇い続けていたものだった。

ママがその一週間の休暇申し出を認めない理由は何もなかった。

「まさみちゃん、良かったじゃない。行ってらっしゃい」

まさみは、その言葉が終わらないうちに、小さく手を叩きながら、控えめの声でワーッと歓声を上げた。そして小さく万歳した。

そのかわいらしいしぐさに山田もママも目を細めた。


山田には、過去に精神病歴があり、それに昭和天皇崩御の時に起こした暴行事件は、精神障害の疑いで不起訴になっている。

所轄の強行犯のメンバーの間では、この事件の起訴は難しいのではないかと、半ば諦めのムードが漂っていた。

ご遺体の解剖所見は、頸部刺切創による失血死。

医師による死体解剖には捜査官も必ず立ち会うことになっている。解剖時の医師の説明をそばで逐一聞き取り、必要な解剖部位の写真撮影もしたりして、解剖立会報告書を作成する。医師の解剖の結果の鑑定書ができあがってくるまでは数か月もかかる。そのため、犯人を逮捕し、捜査を進める上では、捜査官が作成するこの報告書が頼りだ。

丹前は、事件記録に綴られたこの報告書を丹念にめくった。

致命傷となった首の刺切創の写真はとても見られたものではなかった。それだけではない。胸も包丁で刺したり、切ったりしてしていた。

この殺害方法の異常さも精神障害を疑わせた。

しかし、事件は殺人の重大事件だ。簡単には不起訴にできない。

裁判官に鑑定処分許可状を出してもらって、長期間、鑑定留置して精神鑑定をすることにした。

その鑑定が的を射たものになるには、できるだけ豊富な情報がいる。

捜査のために与えられた被疑者の勾留期間はその延長をして最大二〇日間だ。

その間に捜査資料をそろえる必要がある。

丹前は、警察に次々とその指示を出した。

山田の日ごろの生活ぶり、勤務態度等について、入念な聞き込みをしてもらった。

その一方で、山田の取調べも警察と交代交代で連日にわたり実施した。

最初の勾留の一〇日間、太陽の神の信仰、その神の子の話は続いた。

当初のころ見せていた発作は見せなくなった。ただ、取調べの時、視線を合わそうとしないのは相変わらずだ。

これは自分の心を見透かされるのをおそれた意図的なものなのか、それとも元々がそういう質なのか。

丹前は、検事になって六年目。これまでいろんな事件の被疑者の取調べをしてきた。

世間では、「目は口ほどに物を言う」と言われる。口ではごまかせてもその目は正直だ、ウソをつけば目の動きに表れるという。

しかし、丹前はその経験からいうと、一面ではそのとおりなのだが、必ずしもそうと決められるものでないと思っていた。

本当の詐欺師は、相手を騙すとき相手をじっと見て、視線をそらさない。取調べでもそのように取調官を見て、「これが本当です、信じてください」と訴える。

本当に精神を病んでいる人も相手の目をじっと見据える傾向がある。こちらがたじろいでしまうような目つきだ。

これは典型的な詐欺師のパターンと違って、意図的な所作ではない。まさに精神の障害から来るものと思われた。

取調べの間、ずっと目を合わそうとしない山田は、その点で精神障害者の特徴から外れるのか。

しかし、それだけで、山田が逆に精神障害者ではないと決められるものではないだろう。人の目を見ながら話をすること自体を苦手とする人だっている。ましてや、取調べを強制され緊張する場面でのことだ。

丹前は、判断がつかなかった。

しかし、丹前は山田の取調べをしていて、太陽の神の信仰の話にはさほど違和感を感じなかった。すべての生命の根源は太陽にあると言っても過言ではない。

であれば、太陽を神として崇め、信仰対象にするのは何もおかしくない。

山田の供述を否定せず、同調できるところは同調して取調べをした。

「太陽が神か。そうだよな、太陽がなければ君も僕も生きてはおられないだろうし、この地球上のすべての生き物も太陽がなくては存在できないからな」

それに対する山田からの返答はない。しかし、続けた。

「いつ頃から、太陽を神様だと思うようになったの？」

山田が詐病だという確信はなかった。

山田にまじめに向き合って話をした。

「ウソを言っている」として追及する調べの形はできるだけ避けた。

そのため、山田の供述調書は勾留の一〇日間、ほとんど取らなかった。というより、取れなかった。

捜査としてはほとんど膠着状態だった。

そんな状況が続いて、勾留延長後三日目のことだ。

所轄の担当係長から連絡が入った。

山田が自白したとの報告だった。

「今まで太陽の神の子とか話していたのは、頭がおかしいように思わせようとした詐病だったと言いよるんです」

「マル害がおかまだというのは知らんかったと言いよるけど、ホンマかいなと誰でも思いますけんね」

「こんなに小ちゃい街ですし、マル害がおかまだというのは誰でも知っとることですけんね」

担当係長も、取調べの刑事も山田がこれまで詐病で頭がおかしいふりをしていたと告白して語り始めたが、イマイチそれも信じられないという感じだった。

丹前は、その報告を聞いて、すぐに警察が取った山田の供述調書のコピーを持って来てもらって目を通した。

翌日には山田の取調べをした。

警察の供述調書の内容を追って確かめるような取調べだったが、できるだけ山田に語らせるようにした。

目を合わせないのは、相変わらずだ。ただ、目が宙を泳ぐことはなかった。俯きながらボソボソと語るというものだった。


九月の初め頃、スナック「マリンブルー」に初めて行った。

そこにまさみというおかまがいるというのは、うわさで聞いたことがあった。

でも東京からこの街に移り住んで三、四か月にしかなっていなかった。

そのおかまを自分では見かけたことはなかった。

初めてマリンブルーに行って、まさみに接客してもらった時からとても優しい感じの子だと思って気に入った。

前の嫁と別れて、一人暮らしで寂しいこともあり、毎日のようにまさみの店に通った。

まさみがおかまだというが、実際に接してみると、気が優しく、その仕草を見ても、とてもそうは思えなかった。

普通の女の子に比べて背が高いし、声も低い声なのでそういうふうに言われているだけだと思った。何度かマリンブルーに通ううち、優しく接してくれるまさみを好きになった。

将来、結婚してもいいと思った。

以前、東京に住んでいた頃の話をした。まさみは一度も東京に行ったことがないというし、ディズニーランドにも行ってみたいというので、二人で一週間の休みをもらって一緒に旅行に行くことにした。出立の前の晩、早々と旅行の支度をして布団に入ったものの、気持ちが高揚してなかなか寝付けなかった。

まさみに無性に会いたくなった。

翌朝、まさみの家からそのまま一緒に旅行に出発しようと思って、旅行カバンを持ってまさみの家に行った。

家は、前にマリンブルーからの帰りにまさみを送って行ったことがあって知っていた。

街灯もない裏道を歩いた。夜道、まん丸いお月さんのおかげで、懐中電灯もなくて済んだ。気の早い虫たちの声が心地よい夜だった。

まさみは、山田の突然の来訪にびっくりしながらも喜んだ。

そして、自分も旅行の準備を整えた。

その後、二人で夜長、互いの生い立ちなどを語り合ったりした。

アルコールは備えがないというので飲まなかった。

「これしかないの」と、代わりにまさみが冷蔵庫から冷たい缶ジュースを出してくれた。それを飲みながら語らった。

どのくらい語り合っただろう。

山田は横になりながら、まさみと話をしているうち、いつの間にか寝入ってしまった。

目を覚ますと、外が少し白んで夜が明けかけていた。

まさみはというと、キレイにお化粧してブラウスとスラックスのかわいい洋装に着替えていた。

そのかわいらしさに山田は胸を焦がした。

出発まではまだ時間があった。

山田は東京の話をしてあげた。その話に出てくる銀座、新宿、池袋等の名前はどれもこれもまさみにとってはあこがれの街だった。

まさみは、横座りして目を輝かせながら、山田の話に聞き入った。

山田は、欲情の高まりが抑えられなくなった。

まさみもそれに呼応するように、山田に身を預けた。

互いに抱き合い、接吻、愛撫は自然な成り行きだった。

まさみのキレイに着飾ったブラウスの前ボタンを外した。

スラックス、そしてパンティをずらした。その股間に手を伸ばす。

その手が一瞬止まった。

手に触れたのは、勃起した男性の陰茎。

ビックリしたというが、しかしそれで情交を止めることはなかった。

そのまま、互いの興奮は続き、山田はまさみの陰茎をマスターベーションしてあげたという。

ところが、事が済み、精液で手がべとべとになったところで、山田はにわかに汚らわしさを覚えた。そして、自己嫌悪に陥った。紛れもないおかまを相手に異常な情交をしていた自分が情けなくなった。それは同時にまさみへの激しい怒りへと変わった。

手にべっとりとついた精液をテッシュで拭いて畳の上に投げつけた。

どんな罵声か覚えがないほど、あらゆる罵声を浴びせた。

腹立ち紛れに雨戸を足で蹴った。

まさみは、山田のこの突然の豹変ぶりにオロオロするばかりだったと想像される。

普通の女の子以上に気が優しいまさみは、山田のどんな罵声もかわさず正面で受け止めていただろう。

そんなまさみに対し、山田は凶行に及んだ。

最初は、騙されて付き合わされてきたという憤慨で、まさみの顔を拳で思いっきり殴り付けた。一発だった。まさみは避けようとしなかった。まともに山田の固いこぶしを喰らった。

その一撃で横座りしていたままで斜め後ろに倒れ込み、気絶した。

山田にとって、目の前のまさみは、もはや胸を焦がす対象ではなかった。

小さな田舎町で、男を相手に情事に耽っていたなどといううわさが広まるのを極度に怖れたという。

山田はもと嫁と別れてからも再婚の夢を抱いていた。周りからもまだ若いんだからと言われ、その気になっていた。

まさみとのことが広まれば、再婚などとてもできないと思った。

まさみへの怒りは強い憎しみを生んだ。

台所から包丁を持ちだした。

仰向けに倒れて気絶したままのまさみの喉元を包丁でひと思いに突き刺した。包丁は両手で逆手に持っていた。その瞬間、まさみがグゥと呻き、大きく目を見開いた。一瞬、頭が浮き上がったが、すぐにへたった。

突き刺した包丁の刃を抜かずにそのまま手前にグッと引いた。刺し口はそれでパックリ開いた。思ったほど、血が吹き出なかった。

これでは完全に死なないのではないか、そう思った。抜いた包丁の刃先をもう一度、喉元の刺し口に差し入れて手前に引いた。

さらに、とどめにまさみのブラウスのボタンを外し、ブラジャーを上にずらした。

それで心臓の見定めができた。

包丁でその心臓めがけて二回、三回と突き刺した。


これだけの凶行が展開された現場だったが、血はご遺体の下だけに隠れて広がったぐらいだった。

包丁は、そばに投げ捨てた。

まさみのブラウスやブラジャーを元通りにして、その上に布団、シーツをかぶせた。

特に理由はなかった。ただ、自分がしでかした現実を覆い隠したかった。

台所で血の付いた手を洗った。

一人、まさみの死体を前に立ちすくんだ。

取り返しのつかないことをしてしまったと後悔の思いにかられた。

この先、どうしたらいいものか考えた。

しばらくして、取りあえずここから立ち去ることにし、予定通り、大阪に向かう飛行機に乗るためにバスで空港に行くことにした。

空港に着いて、まさみの旅行バッグまで持って来ていたことに気付いた。

処分に困り、そのバッグはトイレに行ったときに、ゴミ入れが置かれた隅に置きっ放しにした。

航空券は、元々当日購入のつもりだった。それを偽名を使って一枚購入した。

それで触発されたかのように、持ち物の中で、本名がバレるのにつながるものはすべて消してしまうことにした。

機内で運転免許証、カード類、それに背広のネームまで引きちぎって、便器の中に棄てて水で流した。

大阪までの飛行中に、警察に捕まったときに、どうしたら罪を逃れられるか考えた。

昭和天皇崩御の時に起こした暴行事件で不起訴になった経験が頭の中にあった。

思いっきり、精神異常者のふりをして通せば、何とか罪を逃れられるのではないかと思った。

日本の警察は優秀だから、捕まってからでは遅いと、できるだけ捕まる前からそのふりをしておくことにしたという。

山田は、まさみとの東京ディズニーランドに行く序でに、大阪に寄って病院に入院中の義兄を見舞う予定だった。

それは予定どおりにこなし、それから東京、大阪と移動した。

その間、山田は接する人達の前で精神異常者のふりをする奇妙な言動を残した。


この山田の自白は、果たして信用できるものなのか。

そのためには、自白内容自体が人の行動として了解できるものでなければならない。

そして、その裏付けとなる証拠が存在するかどうかも決め手になる。

山田の新供述が得られたあとの捜査の重点はここに向けられた。

丹前は、所轄に次々とその指示を出した。

山田がまさみに対する怒りを爆発させて足で蹴りつけたという、雨戸の見分を行う。

雨戸のわくに、わずかに破損した痕跡が見つかった。真新しいものだった。

山田の所持品の中にあった二つ折りの財布、中にあるはずの免許証、カード類がことごとくなくなっていた。

着ていた背広の内側のネーム刺繍の糸が削り解れて、ネームが判読できないようになっていた。

山田の飛行機の搭乗名は、「アサヤマイチロウ」だった。


山田を精神鑑定する上で必要な証拠資料は何とか準備できた。

勾留満期まで四日を残していた。

裁判所に対し、山田の犯行時、是非善悪を弁別し、その弁別に従って行動する能力があったかどうか、精神障害の有無及びその程度に関する鑑定嘱託の許可を求め、その許可状の発付を得た。

精神鑑定に要する留置期間は九〇日間。

精神鑑定人は、捜査記録の一件書類を精査しながら、山田を直接、問診したり、その日々の行動を観察したりして、その精神身体の状態を検診し、それにより鑑定嘱託事項につき、鑑定することになっている。

山田の鑑定結果は、完全責任能力を認めるものだった。

丹前は、山田に対する殺人罪の起訴状に署名した。

その二か月後に裁判は開かれた。

山田の弁護人は事実を争わず、もっぱら情状立証をして、検察官の求刑に対し、できるだけの減刑を求める弁護をするだけだった。

しかし、合議体の三人の裁判官は慎重だった。

※山田が事件を起こす前の奇妙な言動、そして小さな港町で誰もがおかまだと知っているまさみを女性と思い込んでいたという不可解さ、そこに質問が集中した。

(問) 事件の少し前、猫の話をあなたから聞いたという弟さんの証言がありましたが、それで思い当たることはありませんか。

(答) あります。

(問) 猫が「人間臭い」とか「猫は壁を自由に通り抜けるんだ」とか話した記憶はありますか。

(答) あります。

(問) どういうつもりでそう話したのですか。

(答) 話題がなかったからです。

(問) 冗談で話したんですか。本当に信じていたんですか。

(答) 実際に見ました。

(問) そのような経験は、東京にいたころとかにもしているんですか。

(答) はい。

(問) ことさら、今回の事件を起こした去年の九月ごろにそのような不思議な経験をしたことが頻繁にあったというわけでもないのですか。

(答) その前にも何度かありました。

(問) 普通の理屈では考えられないようなことを今まで経験していたのですか。

(答) はい、一年くらい前からしてました。

(問) 今回の被害者のことですが、最初「おかま」のホステスがいるということでスナック「マリンブルー」に行ったのですか。

(答) はい。

(問) 少なくとも初めて会った時には、女装はしているが、男だと思ったのですか。

(答) 最初から女性だと思いました。

(問) そうであれば、なぜみんなが「おかま」の話をしているのか、疑問に思わなかったのですか。

(答) 思いました。

(問) 女性と思って今回男と気付くまで、女性であることに疑問を持ったことは一度もなかったのですか。

(答) いい女だと思っていました。

(問) しぐさや気の優しさということからですか。

(答) それもあります。

(問) 女性だとずっと信じていたのですか。

(答) はい。

(問) 結婚の話をしたことはありませんか。

(答) ないです。結婚をしてもいいなと自分で思っていただけです。

※山田の「詐病」についても慎重だった。
詐病を使っていたという自白は、本当に被告人が素直に自白したものなのか、取調官から無理強いされたり、誘導されたものではないのか。その疑いでもって被告人質問がされた。

(問) 事件当日のことを刑事や検事に調書に取ってもらっていますが、本当に自分の経験や記憶をそのままに述べているのですか。

(答) はい。

(問) 自分としては記憶していないが、「こうではないか」と言われ「そうです」と供述したようなことはありませんか。

(答) いいえ、ありません。

(問) その後は調書を読んで聞かされたと思いますが、自分の記憶にあることが書いてありましたか。

(答) はい。

※まさみとの情交時の不可解さは、捜査していて最後まで氷解することはなかった。
裁判官の質問もそこに言及するものが続いた。

(問)「股間から性器が見えて男であることが分かった後、マスターベーションをやってあげた」とありますが、男であることにびっくりしたと思いますが、そういうことをやってあげたのはどういう気持ちからですか。

山田は、俯きながら、手で二度三度と鼻の辺りをさすることを繰り返しながら、言いにくそうに語った。

(答)……勃起してきましたし……最後までいかせてあげようとそうしました。
※猟奇的な犯行の手口にも裁判官の質問は及んだ。
(問)包丁で喉元や胸をかなりの回数刺していますが、なぜそうしたのですか。

(答)血が出なかったんです。

(問)これでは死なないという気持ちからですか。

(答)はい。

(問)傷口を手で広げて確かめたりもしたのですか。

(答)はい。

(問)血が出ないから、これでは死なないという気持ちからですか。

(答)はい。

(問)これまで残酷なホラー映画やビデオを見たりして楽しむようなことはなかったですか。

(答)別にないです。

(問) 最初に殴り付けてから、とどめを刺すまでに、こういうことをしたら、相手がかわいそうだと思わなかったですか。

(答) 腹立たしい気持ちで、カーッとなっていました。
※山田は本当はまさみがおかまだということをずっと認識していたのではないか。詐病を使っていたと自白し、処罰を受ける覚悟はできても、おかまだと知って相手にしていた、入れ込んでいたということはどうしても隠しておきたかったのではないかという疑いは残った。
その点、裁判官も同じだった。

(問) 事件直前の夜、なぜまさみさんが夜の仕事に入るようになったのかと、その理由を聞いたと思いますが、どうですか。

(答) 聞きました。

(問) まさみさんは何と言っていましたか。

(答) 小学生の時、海で溺れ、それ以来、病気がちで弱い身体になってしまったと言っていました。

(問) 検事の調書では、それで力仕事ができなくなったから、夜の仕事をするようになったとありますが。

(答) はい。

(問) 力仕事というのは、いわば男を前提にして話していることではないのですか。

(答) いちいちそんなこと気にしていなかったです。

(問) 性器が見えたとき、にわかに信じられなかったということですか。

(答) はい。

法廷での山田に対する被告人質問。丹前は、本人がどういうことを言い出すのか、と緊張続きだった。

しかし、丹前の想定から大きく外れることはなく、済んだ。

ただ、最後の最後まで、不可解な点が残る奇妙な事件だった。

それは山田がまさみの殺害の事実を認めつつも、誰にも語っていないこと、人には言えない彼だけの何か秘密、墓場まで持って行く秘密があるからなのか、いやそれは考えすぎで、山田の持つ性格異常の要素によるものなのか、判然としなかった。

そう言えば、山田はマリンブルーのホステスらにまさみを殺したことを認めつつも、「まさみは人間じゃない。あれは『さかな』だ。包丁で刺しても血がでなかった」と語っていた。

確かに殺害現場における遺体の周辺の血は意外と少なかった。これは腹腔内に流れ出た血の量が多かったためと思われた。

それにしても、山田がまさみをしきりに「さかなだ」と言っていたのは、いったい何なんだ？

捜査中は、精神異常のふりをする上での山田の戯れ言の一つと思って取り合わずじまいだった。

丹前は、後で事件記録をめくっていて思い当たった。

殺害された、まさみのブラウスは、ブルー地に黒と白の鱗模様の柄だった。さながら鯉のぼりの真鯉のようだった。

山田の目にはこれが焼き付いていたかも知れないと。

まさみこと山村雅巳は、生前の写真が一枚あった。

正月明けのマリンブルーの店の前で写してもらった一人だけの全身写真。控えめに笑った薄いピンクの花柄模様の和服姿は、なかなか可愛らしいものだった。

検事は、事件を通していろんな人の生き様に触れる。

そのような事件の中で、いつまでも記憶の中に残る事件があるものだ。

丹前にとっては、このまさみ殺害事件がまさにその一つであった。

丹前にとって、この事件捜査は、山田の詐病を暴くことに主眼が置かれた。しかし、その一方で、被害者山村雅巳の生き様を知り、そして、それを知れば知るほど、そのけなげな生き方に心を打たれ、切ない思いをさせられた。

丹前は、思う。

人の死にかかわる事件の刑事裁判は、罪を犯した者を断罪するだけの場なのだろうかと。

被害者は、事件になったが最後、この世にはもはや存在しない。突然、命を絶たれた無念さを自ら訴えることもできない。

このような被害者の気持ちを代弁するものとしてご遺族の供述調書や証言がある。

被害者本人の在りし日の写真も、無言なままでもその無念さを見る者に静かに訴えるはずだ。

丹前がまさみの一枚の写真を手に入れて、それを証拠として取り調べてもらったのも、そういう思いからでもあった。発見時のむごいご遺体の写真だけでは、あまりにかわいそうすぎた。

刑事裁判の場は、罪を犯した者を断罪するだけの場ではないのだ。亡くなった方の供養の場でもあるのだと思う。

丹前は、山田に対する裁判の最終論告でまさみのことをその供養のつもりで触れた。

山村雅巳は、幼い頃、海で溺れ、九死に一生を得て助け出されました。しかし、その後遺症で身体がひ弱で、いくらか知恵遅れとなりました。

地元の小学校、中学校と進みましたが、中学では途中から特殊学級*に入り、卒業後は、本土の養護学校高等部に進みました。

そこを卒業して、本土の雑貨店で一年ほど勤めてから帰島し、一人暮らしの母親と同居しながら、ホテルの清掃員として働きました。

ところが、か弱く、仕事がのろかった雅巳は、同僚のいじめに遭うようになり、清掃員を辞めました。

その頃から、雅巳は自分にいちばん合った生き方として女装をして飲食店で勤務するようになり、マリンブルーの世話になりました。

誰もが知る雅巳の性格は、まじめで素直で思いやりがあり、とても世話好きでした。

母親との別居後は、母親や兄弟とほとんど行き来がありませんでした。しかし、それも雅巳の方で自分が出入りしては家族に迷惑をかけると気遣っていたためと思われます。

このような不遇な生い立ちの雅巳が親子、兄弟の縁を切る覚悟で女装する生き方を選んだのも、誰にも迷惑をかけずに自分の幸せを自らの手で切り開こうとする、けなげな生きる姿の現れであるでしょう。

雅巳のことをよく知る人達には、雅巳の姿は心を打つものがあり、皆から好かれ、慕われていました。

山田が雅巳を女性と誤信していたことがあったとしても、そのことで雅巳を責めることができるでしょうか。

雅巳の性格、けなげな生き方からすれば、雅巳は山田の求愛を素直に受け止め、育んでいたと思われます。

その山田の手によって、雅巳は突然、短い生涯を終えるに至りました。

そのときの雅巳の無念な思いを代弁できるだけのことばは私には見つかりません。

山田には、懲役一二年の求刑に対し、懲役八年の判決が下された。

やや大きく量刑が下がってしまったのは、完全責任能力とされながらも、山田の事件には、不可解さが最後の最後までつきまとったからだったかもしれない。

しかし、丹前は思った。山村雅巳の供養は何とかできたと。

＊現在では制度改正により「精神分裂病」→「統合失調症」（二〇〇二〜）、「精神病院」→「精神科病院」（二〇〇六〜）、「特殊学級」→「特別支援学級」（二〇〇七〜）と名称が変更されています。

本作品では、舞台となる一九九〇年代の社会情勢を表現するため、改正前の旧名称を使用しております。

十指紋

男は、犬の鳴き声で目を覚ました。

四畳半一間のアパート。カーテンの隙間から、外の陽光が差し込んでいる。枕元の目覚まし時計を手に取った。まだ九時を回ったばかりだ。

ことのほか暑かった夏が過ぎ、二週間前に本土を襲った台風一九号が過ぎ去った後、一気に秋が訪れたような涼しい日が続いていた。

まだあと二時間は寝られる。今日も気持ちのいい秋晴れだ。久しぶりに渋谷あたりでも行ってみるか。そう思いながら、薄い掛け布団で顔を覆った。

男の名前は、宮本浩一（仮名）。年齢は二五歳。地元の浦和市内の高校を卒業して、定職に就かずに、二〇歳くらいまで飯場で日雇いの仕事をしたりしていた。その後、都内のパチンコ店に勤めるようになって収入も安定したことから、新宿区内にアパートを借りて一人暮らしをするようになった。

仕事は早番と遅番があり、今日は遅番で午後四時の出勤だった。

再び寝入り端、入り口のドアを叩く音でたたき起こされた。

眠そうな声で「はい」と返事をする。

外から郵便配達員の声がした。

「宮本さーん、書留郵便です」

配達員から「宮本浩一さんご本人ですね」と念押しされ、配達証明書に受取のサインをして茶封筒を受け取った。

差出人欄の「保護観察所」という文字が目に留まった。

保護観察所って何だっけ？

宮本は、警察沙汰と言えば、少年時代にオートバイ盗で不処分歴が一回あっただけだった。保護観察所がどういう所かも知らなかった。

そんな名前のところから何の知らせだろうかとの思いで封を切った。

平成九年八月三〇日の東京地裁での裁判で、自動車の窃盗で懲役一年六月、四年間の保護観察付執行猶予となった件で、今後の保護観察の手続を進めるのに保護観察所に出頭するようにとの通知だった。

出頭日は、二週間先の一〇月一六日。

眠気が一気に吹き飛んだ。

午後の渋谷行きを取り止め、急きょ、高層ビル群の中にある、警視庁M警察署を訪れることになった。事件はM署扱いとなっていたのだ。

宮本は、一階受付で保護観察所からの呼出状の入った封筒を差し出しながらこぼした。

「こちらの警察の事件で保護観察所から手続があるので出頭するようにって、こんなものが来ているんです」

間を置かず、文句をつけた。

「こっちにはまったく身に覚えがないんですよ」

受付の若い男性警察官は、宮本から渡された封筒の中身を確認しながら聞き返した。

「お宅、ここにでている宮本浩一さんでしょ」

「はい」

「生年月日は？」

「昭和○年□月△日です」

「お宅がここに、一か月ほど前の八月三〇日に東京地裁で、自動車窃盗で裁判を受けて、懲役一年六月、四年間の保護観察付執行猶予の判決を受けたってなっているでしょ。お宅、その裁判受けたんじゃないの？」

目の前の宮本に対し何をたわごと言っているんですかというふうの目を向けている。

宮本は、即座にそれをはね付けた。

「こっちは、そんな裁判なんか受けた覚えがないです」

「これは何かの間違いです」

受付の警察官は、ようやくことの重大さに気付いた。

取りあえず、宮本にソファーに座って待機してもらって、すぐに警務課の上司に報告に走った。

それほど待たされなかった。

私服の刑事が一階奥の階段を足早に下りてきた。

宮本は、刑事に案内されて署二階の刑事課の小さな部屋に通された。机を挟んでパイプ椅子が向かい合って置かれていた。事件の被害者や目撃者等の捜査の協力者を聴取したりする部屋だ。

宮本は、そのパイプ椅子に座って待った。

しばらくして、中年の刑事が分厚い記録を持って部屋に入ってきた。

刑事は、平成九年五月一三日M署管内で発生した宮本浩一ほか一名による自動車窃盗事件を担当した上田係長（警部補）だ。

上田係長は事件を任された主任で、犯人の宮本の取調べは、山本巡査部長が担当だった。その山本巡査部長は、あいにく別事件の捜査で出払っていた。

それで、上田係長一人で、宮本の訴えの応対をすることになった。

上田係長も犯人の宮本の顔は、二、三度目にしていた。しかし、それは山本巡査部長が宮本の取調べをしているときにチラッと見た程度だった。

宮本と机を挟んで反対側に回りながら、目の前の男が犯人の宮本と同一人物かどうか、目を向けて見る。記憶に残っている宮本の顔の印象と似ているといえば似ているし、違うといえば違うようだし、すぐに判断がつかなかった。

「お宅、宮本浩一さん？」

立ったまま、思わず、目の前の男の顔をマジマジと見ながら問いかけた。

「はい、宮本浩一です」

「えー、車を盗んだという件に身に覚えがないし、裁判も受けたことがないって、ホント？」上田係長の声が少しうわずっている。

「はい」

宮本は、椅子に座ったまま、上田係長を見上げながら答えた。自信たっぷりの顔だ。

上田係長は、宮本の向かい側の椅子に座るなり、そんなバカなという顔をして、事件記録の中に綴じられている犯人宮本の写真を探した。前後、二度三度めくるうち、犯人の写真を探し出した。目の前の宮本の顔と見比べる。目、鼻、口、おとがい、一つ一つを捉えながら。その度に上田係長の視線が記録の写真と対面に座る宮本とを行き来する。

何となく、顔全体の雰囲気は似ていなくもなかったが、別人と認めざるを得なかった。

上田係長は、警察官になって二〇年余り、捜査を担当する刑事になって一五年ほどになる。他人の名前を騙った事件に遭遇したのは初めてだった。

いったい、この宮本浩一の名前を騙った奴は何者なんだ、その特定を急ぐことになった。

すぐさま、当署で逮捕した、自称「宮本浩一」の顔写真を宮本本人に見せた。顔写真は、逮捕時に撮った正面顔と横顔の二枚だ。

その宮本がすぐに合点する顔をした。

「これは、マキという男ですよ。刑事さん」

「どういう字を書くのかは知りません。今年の二月ごろからしばらく、自分ちのアパートに同居させていた男です。四月の終わりごろですよ、出て行ったのは」

上田係長は悔しさに下唇を噛んだ。

事件の主任として、犯人のマキという男が他人の名前を騙っていたのを見抜けなかった捜査ミスを認めざるを得なかった。

それにしても、マキという男はなぜ他人の名前を騙って通したのか。それがバレれば別の罪、署名偽造や私文書偽造の罪だって重なるというのに。何かいやな予感がした。

宮本から、マキという男とのつながりを詳しく聞くことにした。

このマキという男を連れてきたのは、宮本の友達だった。

「一人身で行くところがないらしい。しばらくお前のところに置いてやってくれないか」

条件は、アパートの家賃を半分負担するということだった。

宮本には、悪くない話だった。

アパートは四畳半の一間。簡単な炊事ができる小さな流し台とガスコンロがついていた。

宮本がパチンコ店での仕事が早番で早く帰ってきたときなどには、スーパーで買っていたおかずを摘まみながら、一緒にビールを飲んだりした。

マキは、酒はそれほど強くなく、付き合い程度の飲み方だった。ビールやつまみを買ってくるのもほとんど宮本だった。

そのようにくつろいだ時間を共にしたとき、マキから宮本の出身地や両親や兄弟のこと、小学校、中学校、高校のことなどを聞かれたことがあった。

どういう話のつなぎだったか覚えがないが、以前警察に捕まったことがあったかどうかなども聞かれた覚えがある。

そのときには、宮本は何の疑いもなく、一緒に住んでいるよしみで、聞かれるまま話した。

車は所有しておらず、仕事でも車を運転することがなかったので、免許証は部屋の小物入れにしまったままにしていた。そのため、その更新手続を失念し、失効させてしまっていた。一度、他の捜し物をしていて、それに気付いたが、手続が面倒だったことから、そのままにしていたのだ。

こうして、宮本はマキという男が事件を起こしながら、自分になりすまして、そのまま裁判を受けていたということが分かってから、振り返ってみると、次々と思い当たることが出てきたのだった。

「マキという男は、僕のことはよく知っているはずです」と結んだ。

宮本の聴取結果は、すぐさま刑事課長へ、そして署長へと報告された。

「上田主任が言うんだ、宮本という男がマキというヤツに名前を使われたというのは間違いないだろう」

幾多の社会の耳目をひく凶悪事件の陣頭指揮をとってきた経歴を持つ署長。

申し訳なさそうにしている係長や刑事課長を前に、そう言いながら、目の前のタバコをとり、火をつけた。一口吸ってふかした。

緊急対応の指示はまとまった。まだ吸いたてのタバコは灰皿に押しつけられ、署長の指示が飛んだ。

「今日来てもらっている、宮本という男に協力してもらって指紋をとって、念のため、うちの署で逮捕したマキとかいう男のものと至急照合しろ」

「それから、マキの指紋について前科者、前歴者との照合結果の通知がどうなっているんか至急、調べるように」

「検事への報告はその結果を見てからだな」

取りあえず、その二点の緊急指示を受けて、刑事課総動員で動き出した。

宮本から採取した指紋とマキという男を逮捕した際に採取していた指紋の照合については、署長指示の緊急案件として直ちに警視庁本部鑑識課に持ち込まれ、その日のうちに照合結果が出された。

別人であることが指紋でも確認された。

ところが、もう一つの指示事項については、とんでもない事態が待ち受けていた。

逮捕したマキという男、本名は真木剛（仮名）、生年月日が昭和〇年△月□日、二四歳。前科一犯、埼玉県内で若い女性を襲った強盗と強姦致傷事件で現在指名手配中。

なぜそんな重大な情報がその真木を今回の自動車窃盗で逮捕し勾留している間にもたらされなかったのか？

少なくとも裁判が終わるまで、三か月はあったのに。誰もがそう思って訝しんだ。

通常、事件を起こして犯人が逮捕されると、指紋原紙を使って被疑者の十指紋を採取する。この指紋原紙は、直ちに警視庁鑑識課に送付され、最終的には警察庁指紋センターに送付されて、そこで前科者、前歴者、指名手配中の者と指紋照合される仕組みになっている。

センターにはそういった照合対象の指紋データが蓄積され、その数が六〇万件から七〇万件に上るとされる。全国の各都道府県警察から集められ、コンピュータ管理されているのだ。

それらの指紋との照合は、まずコンピュータを使って行われ、それで合致するものについては、照合を専門とする人の目でも誤りがないかどうかチェックされる。

このチェックは指紋の一二ポイントの一致点を拾い出して、同一人物であることを確定する仕組みである。

真木の逮捕時もその指紋採取を必ずしているはずだし、照合手続をすれば、重大事件で指名手配中とすぐに分かるはずだったのだ。真木という男が宮本浩一の名前を騙ってなりすましたとしても、それが外れることはない。

どういうことでそれがヒットしなかったのか？

誰もが疑問を抱いた。

実は、真木の指紋原紙はM署の鑑識係のところで止まっていたままだった。

その点、鑑識係を一方的に責めるわけにはいかなかった。その訳はこうだった。

被疑者を逮捕した場合、コンピュータに被疑者の身上関係を入力して被疑者カードの仮登録を行い、このときに事件番号が入れられる。

鑑識係の方はこの事件番号を指紋原紙に印字し、これに被疑者の十指紋を採る。

被疑者を逮捕した事件担当者は、被疑者カードに必要事項を記入し、事件の発生検挙、手口等の事件統計のもととなる事項を入れた統計原票という書類を作成し、それを被疑者カードと一緒に記録係に提出するという流れだった。

記録係は、統計原票の作成を確認して、被疑者カードに基づき、必要事項のコンピュータ入力を行い、被疑者番号を特定して入力する。

鑑識係は、記録係から送られてくる事件の登録データ管理表によって、この被疑者番号が入ったことを確認してから、初めて被疑者の十指紋を採取した指紋原紙を本部鑑識課に送付することになっていた。

要するに、一連の流れで被疑者番号が特定されないと、鑑識係が被疑者の十指紋を採取した指紋原紙は本部鑑識課に送られないという仕組みになっていたのだった。

ところが、この真木の件では、真木を逮捕した地域係が統計原票と被疑者カードを作成しながら、それらを記録係に回していなかった。

そのため、被疑者番号が特定、入力されず、鑑識係が真木という男を逮捕した際に採った十指紋の指紋原紙が本部鑑識課に送られず、宙に浮いたままになっていたのだ。

なぜ地域係は、統計原票と被疑者カードを記録係に回してなかったのか。騒ぎが起きてから内部調査して分かった。地域課の担当者のデスクの上に、他の書類に紛れて残ったままであったのだ。

事件番号と人定関係の入力は済んでいたので、事件そのものの送致には問題がなかった。

しかし、この人定関係というのも、そもそもが真木という男がなりすました宮本浩一に関するものである。前科一犯を有し、しかも強盗、強姦致傷という凶悪事件を起こして逃走中の真木剛とは無縁のものであったのだ。

この重大情報は、すぐに東京地検刑事部に在籍していた丹前健検事にも知らされた。

電話の向こうで刑事課長が早口で語る。

係長クラスではなく、課長直々に連絡してきた。事の重大さの表れだった。

「検事さん、検事さんに処理してもらった自動車盗の宮本浩一ですが、これは騙られた名前のようで、本名は真木剛という男だと判明しました。申し訳ありません。詳細は直接うかがって説明させてもらいます。こちらはすぐに動けますが、検事さんは今日でしたらいつ時間がとれますか？」

丹前は幸い、取調べの予定も入っておらず、すぐに課長の来庁をオーケーした。

他人の名前を騙って事件処理の手続を受ける。スピード違反、信号無視などのいわゆる交通切符を切られる交通違反事件でよく起きる。違反点数が重なって免許の停止や取消しとなるのをおそれ、スピード違反等で検挙されて免許証の提示を求められた際、不携帯を理由に免許証を提示せず、知人あるいは身内の名前を使って、「……違反は間違いありません」というごく簡単な供述調書に署名、指印をする。

名前を騙られた者に、後で許しを請い、その者の名前で罰金の納付もしたりすると発覚しない。取調べも検挙の現場で行う簡単なものだから、やすやすとそれができたりする。

しかし、起訴されて裁判にもかけられるような普通の刑事事件となれば、身上、経歴の調書をとる。取調べの警察官が本籍、住所、家族構成、生い立ち、職歴、前科前歴などを一つ一つ聞きながら、調書を作成する。その場で思いついて人の名前を騙ってごまかそうとしても不自然な感じになり、大抵がバレてしまうものだ。

真木という男は、そのような取調べを念頭においてあらかじめ宮本浩一に関する身上、経歴の情報を調べ、頭の中に入れていてスラスラと供述したとしか考えられなかった。

事件のあらましはこうだった（ここでは、本名の真木剛ではなく、なりすました宮本浩一を使うことにする）。

宮本は、中野区内のアパートに住みながら、日雇いの仕事をして生活していた。その稼ぎで手にした三万円で千葉の方に遊びに行き、そのほとんどを使い果たした。

そのような中で、千葉駅周辺でホームレスの生活をしていた共犯者の山田秀一（仮名）と親しくなった。

宮本は、アパートの家賃を滞納し続けていた上に、生来の怠け癖もあって、山田と一緒にホームレスの生活をするようになった。

しばらくして、ホームレス生活は、千葉よりも都心の方がしやすいということで、新宿周辺に移動した。

宮本が車の運転ができるということで、二人で足代わりと寝泊まりに使える車を手に入れようということになり、盗めそうな車を探し回るうちに、エンジンをかけっぱなしにして停めていた本件の車を発見し、盗んだ。

すぐに、盗難手配にかからないように、廃車同然の車からナンバープレートを外して、これを盗んだ車のナンバープレートと付け替えた。

そうしてしばらく乗り回すうちに、遠出した横浜市内で物損事故を起こし、車の前輪の片方がパンクしたため、空き地に放置し、再び電車で新宿の方に戻っていた。

そうしたところ、山田がホームレス生活をする前に働いていたことがあるという千葉のゲーム喫茶でアルバイトをしてみようかという話になり、二人して千葉に行くことにした。

そのための二人分の交通費のお金を手に入れるのに、山田が交番に財布を落としたから千葉に帰るお金を貸してほしいと嘘を言って、寸借詐欺をしようとしたところ、その嘘が見破られてしまった。

他にも何か犯罪をやっているのではないかと疑いを持った交番のお巡りさんに追及され、ついに本件自動車盗を自供してしまった。

そうとは知らず、宮本は、山田の様子を見に交番へ行くと、宮本も直ちに追及を受けた。

最初は、「知らない」と答えていたが、すでに山田がすべて自供していたことで、まもなく、同様に自供することとなった。

見事な交番警察官のお手柄だった。

二人の自供どおり、車を乗り捨てたという場所で実際に車が発見され、それが盗難手配中の車であることも分かった。付け替えしたナンバープレートも二人が自供したとおり、助手席シート下から発見されていた。

直ちに逮捕状請求の手続がとられ、通常逮捕の運びとなった。

事件としては、宮本と山田の共謀状況、主従関係、役割分担等、それぞれの取調べを通じて明らかにすれば足りる比較的簡単な事件だ。

丹前はこの事件の配点を受けた。検事になって一一年目を迎えていた。一一年目の検事となれば、身柄事件を一〇件前後、多いときは二〇件近く担当しながら並行して捜査し、事件を処理する。このような簡単な事件ばかりとは限らない。中には、否認されて認定が難しいものもある。犯人性に問題がなく、自白している簡単な事件は流すようにして処理することも多いのだ。

丹前にとって、この事件がまさにそうだった。

警察から上がってくる捜査書類の関係もあって、一〇日間の勾留では足りず、更に一〇日間勾留を延長して、事件を起訴したが、何の問題もなく処理したというものだった。

それだけに丹前も署からの報告を聞いたときにビックリしたが、他方で宮本にうまくしてやられたものだと認めざるを得なかった。

課長らの報告を聞きながら、事件を担当した検事として苦笑いしながら応対した。

「まあ、ここまでうまく成りすまされたら、仕様がないですよ」

平謝りする課長らをなぐさめたつもりだった。

しかし、課長らの顔は依然として深刻だ。

「実はたいへんな問題がありまして」と課長が身を乗り出して切り出した。

二年前に真木は、埼玉県内で深夜帰宅途中の若い女性を襲って、現金等の入ったバッグを強奪した上に、その女性を人目に付かない場所に連れ込んで姦淫したという強盗、強姦致傷の凶悪事件を起こして、現在指名手配中というのだ。

しかも、真木は、その前にひったくり事件の窃盗と傷害で懲役二年六月の実刑となって刑務所に入れられ、刑の執行を受け終わって出所してからまだ二年余りだったという。

今回の自動車盗の裁判では、この累犯前科があるため、執行猶予はつかない。当然、実刑が下されるべきものだったのだ。

さすがに、丹前も慰めの言葉が空疎なことに気付いた。犯人に一杯食わされたでは済まない事態になった。

課長がそれに呼応して続けた。

「刑事課総動員で犯人の行方を追っています」

「絶対に捕まえますから。この件はしばらく厳重な保秘にしてください」

マスコミ等に知られ、報道されると、犯人に警戒され、ますます捕まえにくくなる。泳がせておけば、犯人にもスキができる。それで捕まえるチャンスが生まれる、ということだ。

警察は、M署の威信にかけても絶対に捕まえると約束した。署長によって刑事課総動員の号令がかけられたというから、その意気込みがうかがわれた。

凶悪事件をはたらいた犯人だ。また同じことをやらないとも限らない。もしそういうことになれば、署長の首が吹っ飛ぶ。警察が血眼になるのも肯けた。

丹前は、警察の保秘の要請を了解し、すぐにこの件を担当の副部長に報告しておいた。

犯人を捕まえるのは、その本職の警察に任せるしか仕方がなかった。

丹前は、すぐに立会事務官に指示して、この事件の記録を取り寄せてみた。それをめくり点検しながら、事件を振り返った。

共犯者山田も真木剛のことは宮本浩一と呼んでいた。

当の宮本が真木に聞かれるまま、何も疑わず、家族や小学校、中学校など詳しく語っていたことから、真木は警察での取調べで身上、経歴に関する調書を作成する際もすらすらと答えることができていた。本籍や生年月日等も戸籍照会どおりだった。

丹前は、改めて思った。真木の用意周到さには脱帽だ、真木という男にまんまと騙されたものだと。

丹前は、事件を起こしてもいないのに自動車盗で懲役一年六月、四年間の保護観察付執行猶予という前科が付いてしまった本物の宮本浩一についての後始末を急いですることになった。

裁判自体は、真木という男が宮本浩一の名前を騙って裁判を受けたとしても、現にその真木自身が出廷して手続が行われたものである以上、犯人の取り違えでもなく、その点では瑕疵はなく、有効なものだった。

裁判を受けた被告人名を「宮本浩一こと真木剛」と訂正するだけで済んだ。

それによって、真木の前科調書に新たに窃盗の前科が加えられた。

ところが、宮本本人については、自分が犯した罪でもないのに前科がついたことになる。検察庁で記録されているその前科について職権でそれを削除する手続を行った。

他方で、本来は、実刑となるべき真木剛に執行猶予がつけられた状態であったので、裁判所にその取消請求を行った。

犯人である、宮本を騙る真木に累犯前科があったことが見抜けず、そのまま裁判を受けさせた検察側、その意味では落ち度がある検察側が累犯前科の存在を理由にして取消請求ができるのか、問題がなくもなかった。が、検察側の落ち度以上に他人の名前を騙って裁判を受けた真木こそ非難されるべきであるとして請求し、裁判所にそれが認められ、取消しとなった。


さて、残るは最大の課題である、犯人の真木を見つけ出して捕まえる所在捜査の方だ。

丹前は、所轄の捜査に任せつつも、逐一、刑事課長と連絡を取ってその状況を把握した。

警察は真木の生まれ故郷の本籍地周辺を探し回ったり、今回の事件を起こす前、浮浪者の生活をしていたので、浮浪者の集まりそうな場所も探し回ったりした。

また、この真木を宮本に紹介してそのアパートに間借りさせるきっかけを作った男に当たったりした。

それこそ必死の捜査をしていたが、うまく行かなかった。

これは、保秘がうまく行かず、警察が追っているということに真木が気付いて警戒し、逃げ回っているのではないかという話まで出るようになっていた。

丹前は、事件の後始末の手続のため、真木が宮本の名前を騙って裁判を受けた事件記録をめくっていた。

もっぱら標的は、重大事件を起こして逃走中の真木だ。一緒に自動車盗の事件を起こした共犯者山田は、どうでもいい対象だったが、何とはなしに、事件記録の中の山田の身上、経歴の調書をめくっているときだった。

共犯者山田にてんかんの持病があるというくだりを見つけた。

山田はホームレスの生活をしていたが、実家が千葉県習志野市にあった。仕事に就かずにいたことで親がうるさく、家を出てブラブラとした生活を送るようになっていた。

その山田はてんかんの発作を抑える薬を病院から定期的に処方してもらっていて、その病院がその習志野市内にあった。

丹前にひらめきがあった。これが手がかりになりはしないかと。

二人は一緒に裁判を受け、いずれも執行猶予となっている。その後も行動を共にしていることが考えられないか。

丹前は、はやる気持ちを抑えながら、すぐさま、署の事件を担当した上田係長に電話連絡をとった。

警察も手がかりがつかめずに混迷の様相に陥っていただけにすぐに飛びついてきた。

上田係長が留置係に確認をとる。署での勾留中も、山田がてんかんの薬を持っていてそれを飲むのを欠かさなかったという話だ。

三か月に一回、病院から処方してもらっている薬で、そろそろその薬が切れるころではないかとなった。

警察はその病院を調べ出した。そして、問い合わせしてみた。

間違いなく、山田がてんかんで通院していた。てんかんの薬も定期的に出されていた。

しかも、明日の一〇月一三日に診察予約が入っているというのだ。

どうでもいい対象だった山田の行動がにわかにクローズアップされることになった。

すぐに張り込み班が編成された。

診察予約時間が午前一〇時半ということだったが、編成された署員八名が朝早くに病院に集結した。

JR総武線習志野駅から、バスを利用して一〇分ほど、歩くと二〇分以上はかかる小高い丘に病院はあった。

バスを利用してくるのか、歩いてくるのか分からない。

何よりかその山田に真木が果たして同道してくるのか、それに賭けてみるしかなかった。

最寄りのバス停に捜査員三名を配置した。残り五名は病院に張り込む。

固まっていると怪しまれるため、三名が病院入り口の植え込みのかげに隠れて待機。二名は、覆面パトカーに乗って病院前の道路脇に停めて待った。

道路は、片側一車線。ちょうど病院の反対側に車を止めると、ゆるい坂道を上から見下ろす状態だ。

二人の捜査員は、誰も乗っていない駐車車両と見せかけるため、車の後部座席に隠れ、シートの陰から坂道下の様子をうかがうようにした。

犯人らが病院にやってくるとなると、駅の方向から考えてその坂道を下から上ってくると考えられた。

果たして病院に薬をもらいに来る山田に真木まで付いて来るのか。付いて来てほしい。捜査員の誰もが願をかけた。

午前八時から張り込んで待つこと、一時間半。

覆面パトに潜んでいた捜査員の一人が最初に見つけて小さく叫んだ。

「来た、山田だ」

「もう一人いるぞ」

山田は生まれつき、左足が悪い。そのため、足を運ぶたびに身体を少し左側に傾けて歩く癖があった。その特徴を捉えて山田と確信した。

もう一人は、山田よりも若くて背が少し低い。真木の人着とも合う。

すぐに、病院の植え込みのかげに隠れている捜査員に無線で知らせた。

山田と連れの二人組が病院の敷地の入口から入って建物の出入口に向かうところで、捜査員が取り囲むことになっていた。

坂道は距離にして六、七〇メートルほど。普通にゆっくり歩いて二、三分か。緊張の時間が刻一刻と流れる。

捜査員にとっては、時を刻む秒針の動きがいやに遅く感じられる。

山田と連れの男は、何も怪しむことなく、病院の建物の入口に連れ立ってやってきた。

その背後から、足音を立てずにすばやく、近づいた捜査員三名がサッと二人を取り囲んだ。

もうそのときは、覆面パトに待機していた二名も加わっていた。

山田ではない、もう一人の男に捜査員の視線の矢が一斉にささる。張り込み中に何度も顔写真を見ては覚え込んでいた真木本人だった。

勢い込んだ捜査員がそのまま一声。

「真木剛だな」

捜査員の取り囲んだ輪の中から山田は外され、真木一人が標的にされていた。

真木は、思いも寄らぬ展開に一瞬目を丸くした。が、すぐに状況を察して観念し、素直に「はい」と答えた。

その場で、強盗、強姦致傷の逮捕状が緊急執行された。


真木は、釈放になってから、特に新たな事件は起こしていなかった。そのことは、一緒に釈放になって真木と行動を共にしていた山田から、確かめることができた。

M署の署長の首はつながった。

真木の身柄確保の一報は、すぐに丹前にも入った。

「よし、やった」と、思わず電話口で歓声を上げた。

その日、M署員が真木を捕まえるため、山田の立ち回り先の病院に張り込むことは担当副部長にも事前に報告済みだった。

丹前は、喜び勇んで副部長室へ。

あいにくと、別の検事が事件決裁中。ちょうど熱のこもったやり取りの真っ最中だった。

しかし、ことがことだ、許される。一言断りを入れた。

眉間にしわを寄せていた副部長も例の件とすぐに察して決裁を中断し、「どうだった」と問いかける。

「ヒットです。真木の身柄確保です」

その副部長が「オッ、そうか」と大きく破顔した。

颯爽と副部長室を後にし、自室に戻った丹前は、地検の一一階の窓から見える、緑に覆われた日比谷公園を見ながら、ほっと一息ついた。静かに事件を振り返る。

裏付け証拠もしっかりしていて、共犯者同士の供述にも食い違いもなく、事件を処理する上で何の問題もない簡単な事件だった。そういう中に大きな落とし穴があったりするのが世の常なのだが、今回の件はそれをまさに絵に描いたとおりの展開だったなと。

もし、真木が宮本浩二を騙った自動車盗の裁判で、単なる執行猶予判決が下されていたらと思ってしまう。

これが保護観察付きであったから、後で保護観察所から保護観察の手続を進めるための通知書が宮本本人のもとに送られて来て騒ぎになったのだ。

そのおかげで真木という男が他人の名前を騙って裁判を受けたという真相解明につながった。

それが執行猶予だけだったら、宮本本人にも気付かれず、へたすると、闇に埋もれたままになったかも知れなかった。

宮本の与り知らないうちに付いてしまった執行猶予の前科など、宮本本人が何か別の事件でも起こして警察での取調べで前科前歴の資料でも示されない限り、普通は目に触れるものではないものだ。

真木が名前を騙った宮本は、これまで警察沙汰と言えば、少年時代の不処分になったオートバイ盗の非行歴が一回あるだけだった。それからすると、大半は保護観察付き執行猶予にはならない。

その公判に立ち会った検察官も特に求刑で保護観察付きを求めてもいない。

真木がなりすました宮本本人は、パチンコ屋で真面目に勤務していた。真木がその宮本になりすますとしても、宮本の職業や仕事先までありのまま供述ができなかったと思われた。供述すれば、捜査員にその裏付けで仕事先を当たられたりして、ひいては宮本の名前を騙っていたことがバレてしまうおそれがあるからだ。

どうしても、それを避けつつ嘘を混ぜながらの供述になったわけだ。それが裁判官に不信感を抱かせることにつながったのではないか。この被告人は、再犯のおそれが高いと見て保護観察付きにしたと思われた。

それにしても、よくぞ裁判官は保護観察付き執行猶予判決を下してくれたものだと思わざるを得なかった。

期せずして下してくれた裁判官の判決のおかげで闇に埋もれずに済んだ事件だった。

うそ発見器

手錠を外された羽黒修（仮名）は、黙秘権告知、弁護人選任権の告知などは上の空という感じで、丹前の顔をじっと見ていた。

記憶の糸をたぐろうとしているふう。たぐりきらないまま口を開いた。

「検事さん、どこかで会ったことありません？」

一瞬、ドキッとする。

そう言えば、大学のクラブの後輩に同じ名字の者がいたことに思い至る。こちらも真顔になる。あいつはクラブを途中で辞めたんだっけ。しかし、羽黒の顔はその後輩と少し似ているようだが、別人だ。あれから十数年経つが、間違えるわけはない、間違いない。

そうだ、その後輩は、広島出身だったはず。そう思って、目の前の記録をそれとなく手に取って被疑者の身上調書をめくった。本籍地が同じ広島だ。エーッと一瞬驚きの思いで、更に調書を確認する。姉と妹がいるが、男の兄弟はいない。

丹前は、妙な思いを残したまま、軽く笑って受け流した。

「他人の空似ってやつだろー」

「そうかなあ、何となく会ったことがあるような気がするんだよなー」

羽黒は、まだ謎の解けない余韻が残った顔をしている。

丹前は、検事になって一四年になる。しかし、被疑者からそのようなことを聞かれるのは初めてのことだった。

羽黒の逮捕罪名は、詐欺。

実際には居住していない住所地に住んでいるとしてウソの住民届を区役所に出し、それによって健康保険証の交付を受けた、つまり保険証を騙し取ったというものだった。

しかし、本来の捜査の狙いは別にある。

詐欺がいわゆる別件逮捕であることは、羽黒はまだ知らないのか、さほどの深刻さは感じられない。

捜査の狙いの本命とは?

数年前から関西一円で、〇〇戦争と言われる暴力団の抗争事件が起きていた。

一般市民が巻き添えになる殺人事件も発生している。警察がその威信をかけてそれら事件の犯人検挙に向け必死になっていた。

その中の一つに、甲会傘下の〇〇組のA組長が白昼、組員Bの運転する車に乗って××区内の交差点で信号待ちしていたところ、何者かにけん銃で殺害されるという事件があった。

犯人の男は、後方から車で乗り付けるなり、車から降りて、左後部座席のA組長をけん銃で狙撃し、運転席のB組員にも向けて発砲。A組長は搬送先の病院で死亡が確認され、B組員は何とか命を取り留めたが、重症だった。

男は犯行後、車をその場に乗り捨てて逃走した。車は軽四の盗難車だった。

現場は、繁華街からはやや外れた、どちらかというと住宅街の交差点だった。白昼、そのような物騒な事件が起きたことは人々を震撼させた。

乗り捨てられた車に対し入念な鑑識活動がなされたが、犯人に結びつく指紋等は得られなかった。

当然、捜査は難航した。

　捜査員による必死の聞き込みが続けられる。


　そうした中で、目撃者が二人見つかった。

　一人は年配の主婦だった。その日の朝の新聞の折り込みチラシを見て、目玉のスイカが売り切れになる前にスーパーに買い物に行こうとした時に現場に遭遇していた。

「パーン、パーン」という爆竹を鳴らした感じの音が二、三発した。何事かと思って音のした方を振り向くと、男が反対方向に歩道を走っていくのが見えたという。

　犯人の男については、白い上下の服、大柄の感じの男ということしか分からない。

　目撃情報としては、残念ながら顔を見ておらず、心許ないものだった。

　もう一人の目撃者は、四〇過ぎの工務店で働く男性だった。

　ちょうど近くの現場で仕事をしていて、タバコが切れてそれを買いに行く途中で目撃していた。

　現場は、片側一車線の道路だ。

　この目撃者は、狙撃された車が進行してきた道路に交差する道路を歩いてきて、現場の横断歩道を渡った。そのときには、まだ狙撃された車は止まっていない。

　横断歩道を渡り、狙撃された車が進行してきたのと反対に向かって歩道を数メートル進んだところで、目撃していた。

　歩道を行きかけたときに、反対方向から黒い車がスーッと滑るようにやってきて交差点入り口で止まった。

その威風を払うような姿に何となく目を奪われる。なかなかえー車やないかと。

しかし、じっとは見ていない。普通の車じゃないふうがあったからだ。

とその時、それとは対照的な軽自動車がぴったりと後ろに付けるようにして止まった。

その直後、ものの五、六秒のことだった。

テレビドラマのワンシーンを見ているような光景が目の前で起きた。

軽四の車から一人の男が降りるなり、前の黒い車の左側に回っていった。そのときに、男の右手に銀色のにぶく光る物が握られていたのが見えたという。

それと同時くらいにパーン、パーンという乾いた音がした。男は車の後部から前部に向かって動き、途中にもパーンと音がしたように思う。音の回数は、三、四発だったと記憶している。

この音が耳に入ったときには、男が手にしていた銀色に光る物がけん銃なのだと思い当たった。

男がけん銃を発射したとき、体のほぼ正面をこちら側に向けていたので、その顔がはっきり見えた。

背格好は一七五センチほどと高めで、がっちりした体格。全体に白っぽい服装。頭は角刈りふう。

顔はやや角張ったあご、濃いめの眉で、全体的に目鼻立ちのはっきりした印象。見た感じで年齢は二〇代から三〇代に思われたという。

男は、すぐに反対側の歩道を逆方向に走って逃げて行き、最初の筋で右に曲がって見えなくなった。

現場遺留の証拠がほとんどない中、この目撃証言は貴重だった。

警察の暴力団事件を担当する捜査四課は、この目撃情報をもとに犯人の絞り込みにかかる。

殺害されたA組長の組と敵対する△△組系列の下部組織の中で、事件後、姿が見えない組員のリストを出した。

その中で、目撃情報に合う男が浮上してきた。

それが羽黒だった。

警察は、その羽黒の顔写真を無差別に選択した一五人の男の顔写真に混ぜた、写真面割帳を作った。面割帳は、聴取を受けた人間がその中から犯人の写真を選び出した時の信用性を確保しうるものでなければならない。

捜査側が羽黒の顔写真を選び出すように、意図的に仕向けるようなものであってはならない。それを念頭に入れつつ、年齢的に同じような男の顔写真がそろえられた。

目撃者は、その面割帳の写真の中から、羽黒の写真をさほど躊躇なく選び出していた。

「目の感じ、少しえらが張ったあご、顔全体の印象からして犯人の男に間違いないと思います」

こうして、羽黒は××区内のA組長のけん銃殺害事件の容疑者となった。


警察は、この羽黒に対しA組長殺害の容疑で捜査を進めるに当たって、事件相談を検察庁に申し入れた。警察本部が手がける今回のような重大事件の場合、ほとんどこのように事前の事件相談がなされる。

強制着手、つまり容疑者を逮捕し、関係各所を捜索する上で、事前に捜査しておかねばならないことはないか、否認された場合、裁判で有罪に持ち込める証拠はそろっているのか、いつの段階で強制着手するか、検事との間で相談がなされるのだ。捜査の手順が用意周到になされる。

この事件の主任に丹前は指名された。

早速、四課の管理官、事件の帳場を持つ班長らと事件協議の場を持つ。

さすがは、本部の捜査四課である。本命の殺人事件に入る前に、羽黒の別件を探し出してきていた。これが冒頭の健康保険証をだまし取った詐欺事件だった。

これでも十分、起訴するだけの価値があった。また、それまでの捜査によって得られた証拠関係からしても公判請求して十分有罪に持ち込めるものだった。

起訴するまでの価値のほとんどない微罪事件だったり、ほとんど起訴できる見込みのない事件だったりすれば、それで逮捕するというのは、本命の事件をことさら狙った「違法な別件逮捕」ということになる。せっかく収集した証拠も使えなくなり、本命の事件でたとえ自供を得て起訴したとしても有罪に持ち込めなくなる場合がある。これは確定した判例の見解だ。

しかし、四課が準備してきた詐欺事件なら、判例上も違法な別件逮捕ということにはならない。

事前協議で、この詐欺事件からまず入るという方針が決まった。

逮捕されてきた羽黒は、年が三六歳、浅黒のがっちりした体格で上背も一八〇センチ近くあった。頭髪は少し長めの角刈り、額は逆富士型に剃り込み、いかにも暴力団員という人相風体だった。

その前科・前歴も暴力団員としては立派なものだった。傷害、暴力行為、恐喝、威力業務妨害等で前科五犯。刑務所にも二回入っている。

警察との事前協議で、本命の殺人事件の目撃者から取った供述調書、その目撃者に示した写真面割帳の写しをもらっていた。既にそれらに目を通して確認している。

目の前の羽黒、こいつが「ヒットマン」か。

丹前は、相手に向けた顔は平静を装いながらも、どうしてももう一つの目がそれとなく糾弾する目となって相手を見てしまう。

羽黒は、別件の詐欺について、素直に認めて調書を取らせてくれた。

警察は、羽黒が住民票を置いていた住所地に住んでいないことについても、事件着手前にあらかた捜査してあった。

ただ、新たな裏付け捜査の必要性が出てきたこともあり、身柄については、一〇日間の勾留のあと、更に一〇日間の勾留延長をした。

勾留の一五日目ごろには、詐欺の捜査はほぼ終了し、あとは詐欺罪で起訴する手続をとるだけとなっていた。

そうした中で、羽黒に対する本命の殺人事件の捜査に向けて段取りしていくことになった。


警察は、羽黒に対し、ポリグラフ検査（「ポリ検」という）を実施したい意向を持っていた。「ウソ発見器」とも言われるやつだ。

これで、羽黒が犯人である可能性が高いという反応が出れば、それを元に羽黒にプレッシャーをかけ、自供に追い込んでいきたいという考えなのだ。

物証がほとんどないに等しい、殺人事件の捜査を進めるには、やれるものは何でもやってみる価値がある。主任検事としても望むところだった。

ただ、このポリ検を行う場合には、被疑者の承諾が必要となる。被疑者に供述拒否権があるように、ポリ検に対しても拒否権があるからだ。

だが、取調べの刑事は被疑者からこの承諾をもらうときに既に一種の心理的トリックを効かせる。

「お前が言っていることが本当ならポリ検を受けても何も怖くないだろう」と突っ込まれるのだ。

そうすると、正直に言っている人は、白黒をはっきりとつけさせるためにポリ検を承諾するし、逆にウソを言っている人は、ポリ検を拒否し続ければ、自分への疑いを深めるだけだという心理がどうしても働いてくる。

実際のポリ検はどんなやり方で行うかというと、こうだ。

検査を受ける人間、被検者は椅子にリラックスした姿勢で腰掛け、腕に心脈波（血圧と脈拍）を計るための血圧腕帯を付けられる。胸には呼吸を計るためのチューブが、手先には発汗状況を調べるＧＳＲ（皮膚電気反応）という金属板の電極が付けられる。これらの身体的変化が一つの機械で同時に記録できるようになっているのだ。

検査官は、被検者にこういう装置を取り付けながら、これら装置の一つ一つをていねいに説明する。その言葉は神妙で柔らかく催眠術士のそれのようなものだ。被検者にこう言って語りかける。

「あなたが本当に事件とは関係がなく無実なら、私は検査官としてこの検査によってそれを証明してあげたいと思っています」

一般に人はウソをついたりすると、手に汗をかいたり、脈拍数が多くなったり、呼吸に乱れが起きたりと、微妙な生理的な変化をきたす。計測器の発達で、これらのごく微妙な変化が的確に記録できるようになっているのだ。

検査者は、本番の検査に入る前に、その小手調べという感じで、被検者に対しまず簡単な数当てゲームをやって成功させてみせる。それはこういうものだ。

「それでは、このウソ発見器がどんなものか、簡単な実験をしてみましょうか。いいですかー」

手品師さながらの手つきで、被検者の目の前にいくつかの数字のカードを裏返した状態で広げて見せ、「まず、これらカードの数字を見てその中から自分の好きな数のカードだけを選んでみてください」と言って、選ばせる。そうしてから、語りかける。

「これから一つ一つ質問をしていきますよ。あなたはすべてに『いいえ』と否定して答えてください。つまり、あなたは一度だけ明らかなウソをつくのです」

「あなたの選んだカードの数字は・・ですか？」

このようにして、数当ての予備検査を始める。

被験者は、自分の好きな数字のカードを一枚選んでいるのだから、この質問で必ず一回はウソをつくことになるのだ。

被検者によっては、この予備検査でずばりウソが当てられる、つまり選んだ数字のカードを当てられてビックリし、観念して自供してしまうこともあるという。

担当の管理官が羽黒のポリ検でどのような質問をするか、あらかじめ検査官とも協議してその案を準備し、丹前のところに相談にやってきた。

このような重大事件の場合、失敗は許されないから、このような事前相談もなされる。

本件については、特にテレビや新聞等で事件の報道が大々的になされただけに余計だった。報道によって知れ渡っている事実を質問事項にしてしまうと、検査は正確さを失ってしまう。かといって、それら事実を除外するとなると、質問事項も限られてくるから選定が難しい。犯人と捜査側のみが知っていて、一般には知られていない事実、それこそが重要なのだ。

使用されたのはけん銃。報道ではその種類までは発表されていなかった。

また、組長と運転手の男がけん銃で撃たれたことを報道されていたが、全部で何発発射されたのかまでは、報道されていなかった。

犯人は、自動装填式けん銃「ベレッタ」を使っていた。ベレッタは、イタリア製の軍用けん銃で、手のひらサイズながら強力な威力を持つ。

銃器本体、弾丸、薬莢はそれぞれ違った材質でできている。そのため、弾丸が発射されると、それら材質同士の強力な瞬時の接触、摩擦の影響で弱い材質の弾丸、薬莢の方にキズが残る。これらのキズを綿密に分析することによってけん銃の判別ができる仕組みになっている。

現場から発見押収された薬莢は全部で四個。弾丸は、死んだA組長の体内から二個、重症の組員の体内から一個、そしてもう一個が車の後部座席シートから発見されていた。

質問事項に加えられた内容はこうだった。

「あなたは、A組長の殺害に使われたけん銃が、回転式のけん銃だったかどうか知っていますか?」

「あなたは、A組長の殺害に使われたけん銃が、自動装填式のけん銃だったかどうか知っていますか?」

「あなたは、現場でけん銃が発射された回数は二発だったかどうか知っていますか?」

「あなたは、現場でけん銃が発射された回数が三発かどうか知っていますか?」

「あなたは、現場でけん銃が発射された回数が四発かどうか知っていますか?」

これは、「緊張最高点質問法」と言われる質問法である。

もちろん、この場合の急所は、「自動装填式けん銃」と発射回数「四発」という質問。

犯人であれば、これら質問をされて「いいえ」と否定したときに、他の質問とは違った緊張の度合いが記録されるはずなのだ。

これとは別に、「対照質問法」も組み入れることになった。

この方法は、一般に事件の内容が広く世間に知られてしまっている場合に用いられる。

質問の中に、あえて「ウソをつかせて反応を見る質問」と「本当のことを答えさせて反応をみる質問」（仮想犯罪質問）といった基礎質問に、「直接事件に関係のある質問」と「まったく事件に関係ない誰でも普通に答えられる質問」を織り込んで質問表を作るものだ。


このようにポリ検の準備を万端にした。あとは明日午前中、警察での羽黒に対する検査実施を待つのみとなった。

翌日午前中、丹前は、別の事件の記録などに目を通したりして過ごしていた。今頃は警察本部で羽黒に対するポリ検をやっているころだなと思いつつだった。

そんな中、一本の電話。

担当管理官からだった。

「検事、申し訳ありません」

しぼみがちの管理官の声に、どうしたんですか？と聞く。

「羽黒がどうしてもポリを受ける承諾書に署名しようとせんのですわ。これが……」

そう話しながら、電話の向こうでしきりに唸っている。

「殺しの件は自分は関係ない、言うんで、お前、ポリを拒否すればよけい疑われるやないかー言うても、なかなかきかんですわ」

お手上げ状態の話しぶりだった。

詐欺事件の取調べはスムーズに行っただけに、一転、羽黒は殺人事件の容疑がかけられていると知って、かなり警戒し出したと見える。


翌日、羽黒を検察庁に押送してもらった。

丹前は、部屋に連れて来られた羽黒と目が合った。羽黒からは、いつもの厳つい顔つきが失せていた。

丹前から問い質した。できるだけさらっとした感じで。

「警察から聞いたんだけど、ポリ、拒否しているんだって？」

「はい」

ぶっきらぼうに返事した。それに吐息が続く。悪さをとがめられたきかん坊主の返事さながらだ。

「なんで？」

「ポリを受けるか受けないかは任意なんでしょ」

「狙っているのは例のA組長の襲撃でしょよ。かなわんですわ」

すかさず、丹前から問いかけた。

「殺しの件、心当たりがあるんか!?」

「とんでもないですわ。一切関係ありませんわ」

間髪を入れずに反論してきた。

「じゃ、堂々とポリ受ければいいじゃないか？」

羽黒は飼い主に叱られておそれをなした犬のような目をこちらに向けた。しかし、すぐに視線をそらす。

しばらく沈黙が続く。丹前は穏やかな視線を羽黒に向け続けた。

それを破ったのは、意外に羽黒だった。

「検事さん、一つ聞いていいですか？」

再び、丹前を見る。

「何だ？」

少し間があってから、丹前にその弱々しい目を向けながらこぼす。

「オレ、ポリっていうのを受けるのが怖いんですわ」

意外な一面だった。向かうところ、怖いもの知らずの暴力団の男が本音をのぞかせたのだ。

そして、恐る恐るの感じで呟いた。

「ポリって、殺しをやってもないのにやったような検査の結果が出るようなこともあるんじゃないかと思ってですね」

丹前は思わず笑ってしまった。そしてきっぱりと答えた。

「大丈夫、大丈夫だよ」

さらに続けた。

「あんたやオレらみたいに正直もんは、ありのままの結果がキレイに出ます。キレイに出ます。余計な心配はせんでいいよ」

ポリグラフ検査、これは用意された質問に対し、被検者はすべて「いいえ」で答える。

人は問われた事実がそのとおりなのに「はい」とは答えずに「いいえ」と答えると、自分はウソを言ったという罪意識を感じる。それが諸々の生理現象に微妙に現れる。ポリ検はその仕組みをうまく利用したものだ。

丹前は、親しくしていた科学捜査研究所（通称「科捜研」という）の技官に言われたことがある。「検事さんなどはキレイに結果が出るはずですよ」と。

羽黒は、けなされているのか、ほめられているのか、どっちかはっきりしないまま、笑ってごまかしたが、妙に得心したものだ。

「ホントですか？」

と念を押して聞き返してきた。

その目が丸くなっている。丹前が言ったことを信じかねているふう。一層弱々しく写る両眉がその丸い目の上にかかっている。

「ああ」という丹前の返事を、それでも羽黒はしつこく追いかける。

「検事さん、オレ、ほんま検事さんの言うこと信じていいんですか？」

「大丈夫」、「大丈夫だって」

二度、三度と繰り返す。

丹前は、笑った顔を払うよう意識して真顔になって答えたが、目にはその余韻が残るのを感じていた。

羽黒はそう繰り返す、丹前の顔をじっと見ていた。検事の言葉を信じるかどうか、決断しかねて。

そして、俯き、その両膝にしっかりと握られた拳を付きながら言った。

「ホンな、オレ。検事さんの言うこと信じてポリ受けますわ」

断崖絶壁から谷底へ飛び降りる覚悟をしたような顔つきだ。

丹前はおかしくなった。顔が崩れるのを堪えた。

こうして、羽黒は明日午前中に仕切り直しでポリグラフ検査を受けることになった。

翌日、丹前は午前一〇時半から、犯人特定のカギとなる目撃者の事情聴取を入れていた。

強制着手できるかどうかのポイントとなる証人については、検事自らも当たって必ず確かめるものだ。

例の工務店の男性従業員の証言だ。

犯人の目撃状況について、現場に至った経路、目撃した位置、犯人の動き、体勢、逃走状況など細かく聞いた。

その上で、警察で写真面割帳で羽黒の顔写真を選び出したこと、犯人との決め手はどんな特徴だったのかを聞いた。

警察で写真面割帳を示されたときには、あらかじめ、

「この写真帳の中には、犯人の顔写真が必ず入っているというわけではありません。入っていないかも知れません。そういう前提でよく見て判断してください」

と、予断を抱かせないような注意喚起もちゃんと行っていた。

写真面割りの信用性を担保する上での手順に問題もなかった。

この目撃者にとって、犯人は羽黒であることに疑う余地はないように思われた。丹前は、羽黒がポリ検を受けるのを拒否しているのは、自分が犯人であるのを見透かされるからだったのか、と思ってしまう。

そう思う一方で羽黒を説得したときのやり取りが蘇る。すっかり現役の暴力団員形無しといった感じの弱々しい目つきの顔が浮かぶ。彼は、ポリ検でやってもいないのにクロと出るのではないかと心底怖れていたのでは？とも思い直す。

そんなまとまらない思いを抱きながら、引き続き、目撃者の男性が警察でマジックミラー越しに羽黒を見て確認したときの聴取にかかろうとしていた。

とその時だった。

前触れもなく突然、取調室のドアが慌ただしくコンコンと立て続けに叩かれた。丹前が許可を出す間もなく、ドアが勢いよく開かれた。

目を大きく見開いた管理官の大きな顔があった。

即座に頭を下げながら開口一番、

「検事、申し訳ありません！」と。

いったい何事だ⁉

慌てふためいた様子の管理官が続ける。管理官も丹前が事情聴取中の者が目撃者であることは百も承知だ。

「ちょっと、検事。調べをストップしてもらえませんか？」と、事情聴取の中断を申し入れた。

丹前はいったい、何事があったのかと思いつつ、椅子から立ち上がった。

管理官がちょこっと頭を下げ、人目をはばかる感じで顔を振りながら目で廊下に誘う合図を送ってきた。丹前は、聴取中の相手を椅子に座らせたまま、断ってそっと廊下に出た。

管理官が耳打ちしようと片手を口にかざして身を寄せてきた。こちらも体を斜めにして耳を向けてそばだてる。

管理官がヒソヒソ声で放つ。

「検事、羽黒はシロですわ」

エー、というもんだった。丹前はビックリたまげてしまった。

管理官は、

「本当に申し訳ありません」

と、平身低頭だった。

相当慌てて、警察本部から車を飛ばして駆けつけたと見える。ハンカチで汗をしきりに拭いていた。

丹前は、目撃者の調べは、検事調書も取らずに打ち切りにし、丁重にお礼を言って帰っていただいた。

管理官から子細を聞くと、羽黒については、ポリ検の技官もビックリするぐらい、検査の結果がきれいに出ており、犯人と疑うべき要素はまったく見られなかったという。

ポリグラフ検査は、いったいどの程度、信頼性に足るものなのか。

日本の犯罪史に残る一九六三年の吉展ちゃん誘拐殺人事件の犯人だった小原保の場合、ポリ検の結果は、シロだったことは有名な話だ。

当時からすれば、今はポリグラフ検査の技術と精度は、相当高度になり、そのヒット率も上がっているはずである。

しかしながら、裁判では、有罪立証の証拠として使ったという例はほとんどない。そこまでの信頼性はまだ認められていないのである。

だが、ポリ検が捜査の突破口になったり、犯人の自供を誘い出したりした例がそれなりにあることは事実である。結局ポリ検をどのように使うかということに尽きるのだ。

本件では、ポリ検は羽黒の犯人性の疑いを逆に晴らすのに一役をかったものだった。

それにしても、目撃証言はいったい何だったのか。

目撃証言だけで犯人を決めつけることの怖さ、危うさをしみじみ感じさせるものだった。

そういえば、目撃証言による有罪立証の難しさを象徴する、こんな判決が下ったことがあった。

夜道、男が一人歩きの女性を襲ってわいせつ行為をはたらいたという強制わいせつ罪の事件だった。女性の悲鳴を聞いた通行人の一一〇番通報で駆けつけた警察官が、現場にいた女性の訴えに基づき、付近を捜索中、犯人の人着と思われる男を逮捕し、男は否認のまま起訴された。

物証は何もなく、決め手は、ほとんど女性の証言一本だった。

判決結果は、犯人とたまたま現場付近を通りかかった被告人とが入れ替わった可能性が否定できない、として無罪となったのである。

実際は入れ替わっておらず、被告人が犯人なのかも知れない。しかし、検察側は合理的な疑いを超える立証を果たしきれなかったわけだし、事実、犯人と入れ替わったのかも知れないのだ。

まだ、この事件では、事件発生から間もない時間帯に現場付近で犯人の人着と思われる男が捕らえられたというのだから、犯人であった可能性は相当程度、高いはずである。

ところが、本件では、捜査の経緯が示すとおり、事件発生から相当日時が経過してから、目撃証言を元にして、犯人を探し出そうというのだ。

その目撃も、相手と向かい合い、それなりに時間をかけて、顔の特徴とか表情に接したというものではない。距離を隔てた位置から、男の動きを見た、それもわずか数秒間の目撃に過ぎない。

羽黒が丹前をどこかで見たことがあると勘違いしたように、警察で写真面割帳を示されて、その中から羽黒の顔写真を犯人の男と勘違いして選んだというものだったかもしれない。

こうして羽黒に対するけん銃殺害事件の立件は見送られた。

警察において、その点、羽黒にどう説明したのか知らない。

しかし、何のためにポリ検を受けるのか、羽黒は事前に説明を受けている。自分にけん銃殺害事件の容疑がかけられていることは重々承知のはずなのだ。

それがポリ検を受けた後、その事件で逮捕されず、最初の詐欺だけの起訴で済んだ。

羽黒にとって、あれほど嫌がっていたポリ検を受けたことが、自分がこの事件に関してはシロだということを証明してもらうことにつながったのだ。

検事は、事件を処理した後、その被疑者や被告人と再会するということはめったにない。

検事の定期異動が二年ごとにあるのもそういう事態を避けさせるためなのかもしれない。

丹前は、羽黒にポリ検を受けるのを説得したのを最後に羽黒とは一度も顔を合わせたことがない。

結局詐欺罪だけで起訴された羽黒には、懲役一年二月の実刑判決が下された。

丹前は、詐欺だけの罪で済んだ羽黒の心中を察する。

あの検事の言ったことを信じて良かったと。

あの検事、やっぱ、どこかで会ったことがあるんだよな。だから、俺だってこの検事の言うことなら信じる気になったんだ。

参考文献

『図解　科学捜査マニュアル』「事件・犯罪」研究会〔編〕　三笠書房（王様文庫）
『般若心経入門─２７６文字が語る人生の知恵』松原泰道　祥伝社

[著者]
徳久 正（とくひさ・ただし）
元検事、現弁護士

装画　LEE DAIN

ヤメ検《けん》・丹前健《たんぜんたけし》の事件録《じけんろく》
―語《かた》られなかった「真相《しんそう》」の行方《ゆくえ》―

2021年2月24日　第1刷発行

著　者　　徳久 正
発行人　　久保田貴幸

発行元　　株式会社 幻冬舎メディアコンサルティング
〒151-0051　東京都渋谷区千駄ヶ谷4-9-7
電話　03-5411-6440（編集）

発売元　　株式会社 幻冬舎
〒151-0051　東京都渋谷区千駄ヶ谷4-9-7
電話　03-5411-6222（営業）

印刷・製本　シナジーコミュニケーションズ株式会社
装　丁　　中村陽道

検印廃止

Printed in Japan
ISBN 978-4-344-93321-7　C0093
幻冬舎メディアコンサルティング HP
http://www.gentosha-mc.com/